LES INSURRECTIONS SINGULIÈRES

W0308126

Le lecteur trouvera
la liste des ouvrages de Jeanne Benameur
en pages 235-236.

© ACTES SUD, 2011
ISBN 978-2-330-01450-6

JEANNE BENAMEUR

LES INSURRECTIONS SINGULIÈRES

roman

BABEL

à Guillaume B. le veilleur
à Maxime F. qui fut Marcel sans le savoir

Il y a longtemps, j'ai voulu partir.

Ce soir, je suis assis sur les marches du perron. Dans mon dos, la maison de mon enfance, un pavillon de banlieue surmonté d'une girouette en forme de voilier, la seule originalité de la rue.

Je regarde la nuit venir.

C'était un soir, dans la cuisine, celle qui est toujours là si je me retourne, que j'ouvre la porte et que je fais six pas pour arriver au fond du couloir. C'était comme ce soir, trop chaud.
Mon père fignolait une de ses maquettes de bateaux anciens. Sur la toile cirée, ses doigts, quand ils avaient appuyé longtemps, laissaient une trace, comme la buée sur les vitres. Et puis la trace disparaissait.

Ce soir-là, j'ai eu peur. Peur, si je restais dans cette cuisine, dans cette maison, de devenir comme la trace des doigts de mon père. Juste une empreinte. Qui disparaîtrait aussi.

Je fixais la maquette.
Ma mère faisait la vaisselle. Le clapotis de l'eau

dans l'évier pour accompagner tous les rêves de caravelle.

Et ma poitrine qui se serrait. J'avais huit ans.

Les maquettes, c'était le monde en miniature, un monde qui tenait dans le creux d'une main. Réduit. Moi, le monde, je le voulais grand. Pas réduit.

Et ma respiration se cognait contre les bords.

Mon père, ce bonhomme à la haute stature, courbait sa taille. Les yeux rivés à de minuscules filins, il s'affaissait.

Nous quatre dans notre maison, ma mère, mon père, mon frère Loïc qui faisait ses devoirs à l'étage et moi, je nous ai vus. Tout petits dans le monde. Si petits.

Réduits, nous aussi ?

Brusquement, je me suis décollé.

J'ai quitté la cuisine.

Mon père et ma mère n'ont rien remarqué. Ils parlaient, chacun les mains occupées à leur tâche, sans se regarder. C'était leur façon de faire entrer, tous les soirs, doucement, les choses du jour dans la nuit.

J'entendais leurs voix, suspendues dans les silences. Elles m'accompagnaient, en pointillé.

Ce soir-là, je les ai fuies.

J'ai ouvert la porte de la maison. Sans bruit.

Et je suis parti.

Les nuages étaient lourds, épais. J'avais la sensation que la chaleur les collait contre ma peau. J'étais empaqueté de nuages.

Soudain, un grand éclair dans le ciel.

Comme un cheval éperonné, je me suis mis à courir. L'orage a dégringolé. Des cataractes de pluie.
Et j'ai couru.
Dans ma rue, dans mon quartier j'ai couru.

Quitter tout ce que je connaissais par cœur.
Surtout ne pas m'arrêter.
Portails, pavillons, jardins, ça défilait. Rien ne pouvait plus être pareil.
Je courais. J'essayais d'arracher mon corps à quelque chose. Plus je courais plus c'est moi qui devenais étranger. A tout ça.
Je ne savais pas où j'allais mais je courais.
Il fallait.
C'est tout.

C'est la voie de chemin de fer qui m'a arrêté net. Un train est passé à toute vitesse. Sa lumière a filé dans la nuit. Son fracas s'est mêlé à celui de la pluie. J'étais trempé, tremblant. Je me suis écroulé contre le rideau de fer du bar-tabac *Le Bout du Monde*. Je pleurais.
Le bout du monde, il était là. Dans ma poitrine. Et ça cognait ça cognait.

Je suis rentré lentement à la maison, ruisselant, les bras écartés comme un oiseau, le bout des doigts glissant sur les barrières basses des jardins. Je ne sais plus ce qu'il y avait dans ma tête pendant ce retour. Je ne me rappelle que la pluie et la sensation de ne plus avoir de poids sur terre.

Ma mère a crié que j'étais fou en essayant de me sécher avec son torchon de cuisine.
Les plombs avaient sauté. Ça les avait bien occupés. J'en ai profité. J'ai dit que j'avais fait un tour au jardin pour chercher mes raquettes.

Ils n'ont jamais rien su de ma course éperdue.
Ils n'auraient rien pu en savoir.

Quand je suis allé me coucher, mon frère dormait tranquillement.
Lui et moi, c'était le jour et la nuit.
En tant que nuit, je venais de faire alliance avec tout ce qui me disait Un jour, je partirai, loin.

Je suis ici depuis huit jours. A nouveau dans la maison de mes parents. Revenu.

Cet après-midi le fils des voisins est passé. Je l'aime bien, Eric, avec sa tignasse en broussaille et son air toujours un peu inquiet. Il a huit ans, j'en ai bientôt quarante, et on discute. On parlait de son école quand il m'a demandé brusquement Qu'est-ce que tu feras quand tu seras grand ?

Ça m'a giflé.

Quand je serai grand.

Mes parents, eux, n'osent pas me poser de questions. Ils sont discrets. Mais je les sens aux aguets. Ce fils qui leur revient après s'être enfin "posé" avec une "fille bien" pendant quatre ans. Ils doivent voir resurgir le fantôme des années de bric et de broc qui les ont tant inquiétés. Mais je n'ai pas envie de raconter. Je ne saurai rien raconter. J'ai juste rapporté quelques sacs avec mes affaires en vrac et basta. J'ai lu le désarroi dans leurs yeux, eux qui ne savent pas ce que c'est que de vivre l'un sans l'autre depuis si longtemps. Mais tout de suite l'affairement a pris sa place. Comme d'habitude. Ma mère s'est mise à monter, descendre : les draps, les serviettes de toilette. Elle m'installait. Mon père faisait le café. Et moi je les laissais s'occuper. De moi. Je me sentais comme un lieu vide. Désaffecté.

Demain, c'est moi qui conduis le camion de mercerie de ma mère jusqu'au marché de Montreuil. Mon premier acte depuis que je suis ici.

Son camion, ma mère l'a acheté avec le petit héritage de ma grand-mère, il y a dix ans. C'est son bijou. Il est bourré de boutons de toutes les formes, de toutes les couleurs, de rubans, d'aiguilles, et de tout cet attirail qui sert à assembler, réparer les tissus. "Depuis le temps que j'en rêvais", voilà ce qu'elle a dit. C'est drôle comme on connaît peu les rêves de ses parents.
Mon père venait de prendre sa retraite. Ça tombait bien. Tous les week-ends depuis, ils sont partis sur les marchés du coin, et la semaine, ils restaient chez eux. Ils ont inversé le temps de travail. Maintenant, ils ne partent plus que les dimanches. Deux jours de suite, ça les fatigue trop.

Tout à l'heure, ma mère m'a lancé Ton père a du mal à conduire, à charger et décharger les caisses, tu sais, avec son dos. Alors j'ai pensé que tu pourrais peut-être prendre sa place demain, puisque tu es là, avec nous… Elle n'a pas ajouté "à rien faire" mais ce n'était pas la peine, je l'entendais dans son silence gêné. Je sais bien qu'ici "ne rien faire" c'est une malédiction.

J'ai dit oui, elle a souri.

Je suis là, c'est vrai. Revenu. Mais pas avec eux, non, je le sais bien. Pas plus avec eux que quand j'avais huit ans. Pourtant, j'ai essayé.

J'ai repris la chambre sous les toits qu'on a partagée, pendant des années, avec Loïc.
Quand j'avais fièrement loué mon premier studio, il y a plus de dix ans, je me rappelle, j'avais emporté mon lit. La chambre avait paru d'un coup deux fois plus grande. Loïc avait poussé son bureau sous la fenêtre. Il était ravi. Lui, il continuait ses études. Rien n'a changé depuis. Loïc, quand il a emménagé avec Sandrine, n'a rien emporté. Ils ne voulaient que du neuf, eux deux.
La chambre est trop grande pour moi.

Je regarde à mes pieds les très petites herbes qui s'obstinent à la jointure des marches. Je ne les arrache pas. Et puis je me redresse, je tourne le dos au jardin et je rentre.

Il n'y aura pas d'orage cette nuit.

— Antoine, t'as rentré ta moto sous l'appentis ? Faut faire attention, hein… faut pas tenter…

La voix de mon père comme d'habitude ne pousse pas les mots jusqu'au bout des phrases. Comme si celui à qui il s'adressait savait d'avance tout de ce qu'il a à dire. Ses paroles, on dirait qu'elles sont vouées à n'être que des rappels. Et voilà que revient le même agacement chez moi.

— Oui, t'inquiète pas, p'pa, c'est bon.
La moto dort là-bas, au fond du jardin, près du potager. Je l'ai recouverte d'une housse et je lui ai dit tout bas T'en fais pas, ma belle, on va rouler encore ensemble, et même si maintenant il n'y a plus Karima derrière et ses bras serrés autour de moi, on va rouler. On va rouler plus vite. On va rouler plus loin.

Dans le lit à une place là-haut, je sais que je vais me sentir rétréci. Je recule le moment. Le souffle de Karima, tout près de moi, va me manquer. Et la présence de son corps dans l'obscurité, que je pouvais toucher juste en étendant le bras. Quatre ans à partager la nuit et puis plus rien. Depuis huit jours, allongé tout seul, je me sens comme un chien et je n'ai rien à mordre. Que ma honte. Au bout de quatre ans de vie commune, ça s'est fini par sa voix glaciale Demain je voudrais que tu sois parti quand je rentrerai. Tu me laisses les clefs dans la boîte.
C'est tout.
Toute une suite de jours et de nuits qui se terminent comme ça.
Il faut dire que les engueulades, les visages qui se durcissent, s'enlaidissent, s'affrontent, se détournent, les portes qui claquent, on avait déjà tout épuisé. Ça faisait des mois que cette histoire n'en pouvait plus.
Restait la rage.
La rage, c'est ne pas pouvoir aimer ce qu'on désire.
Alors elle a fait à sa façon, Karima. Propre. Je l'ai bien reconnue là. Sans prise aucune. Une pierre parfaite. Lisse. Si dure.

De toute façon, elle savait que je ne dirais rien. Je ne dis jamais rien. Et c'est bien ce qu'elle me reproche. "La classe ouvrière, ça ne condamne pas forcément au silence ! ce serait trop facile !" Voilà ce qu'elle m'avait hurlé un jour de colère.
Le grand mot était lâché. La "classe ouvrière".

C'est la lutte finale. Mais je cherche toujours avec qui me "grouper" pour arriver à demain, avec qui faire un "nous".
De groupe je n'ai que celui de mon sang qui bat dans mes veines et mon poing, s'il s'est levé, c'était pour retomber, ce jour-là, avec toute ma rage, sur le capot de sa petite Clio, noire pour faire chic. T'as tout d'une grande, Karima ! c'est ce que j'aurais dû rétorquer mais je ne sais pas rétorquer. C'est toujours elle qui a eu le dernier mot. Moi j'ai juste mon poing, levé vers les lendemains qui ne chantent pas et le sang qui pulse à fond dans mes veines.
J'aurais pu enterrer sa voiture sous tout le sable de la plage ce jour-là. J'avais assez de colère pour ça. Mais je me suis détourné.
Ma colère me fait peur. Elle m'a toujours fait peur. Elle me raidit le corps. On dit qu'"on n'est pas de bois". Moi, quand je suis en colère, je suis d'un bois dur, terrible, inflammable, si inflammable.
Je suis rentré à pied au petit hôtel face à la mer où on avait loué une chambre.
C'est des moments comme ça qui disent que c'est fini, une histoire, même si ça dure encore un peu. Ça s'étire, c'est tout, ça ne vit plus comme avant,

ça essaie de tenir mais tôt ou tard l'élastique fera son œuvre.
Il faisait froid. C'était son idée, la plage en hiver, quand il n'y a plus personne.
J'aurais pu lui dire, moi "Une idée d'intello !"

Sur le chemin je suis resté longtemps devant une maison à l'abandon, une villa début du siècle. J'ai laissé toute sa désolation me rentrer sous la peau. Faire alliance avec les volets écaillés, les vitres rafistolées ou béantes.
Devenir cette maison.
C'était ma façon de me calmer. Me réduire au silence, comme toutes les pièces inoccupées là-dedans. Ma façon d'endiguer la rage immense qui m'avait envahi.
Ce n'était pas une maison pour "classe ouvrière", non, plutôt le style villa pour riches oisifs d'il y a longtemps. Une villa comme on en voit sur les cartes postales anciennes. Maintenant ce n'étaient plus que des pierres, du bois rongé par l'humidité acide de la mer. C'était redevenu des choses brutes, assemblées les unes aux autres, plus rien qui joignait bien. Ça m'allait.

Aujourd'hui j'aimerais la retrouver, cette maison, la restaurer pierre par pierre, sans penser à rien. Etre l'ouvrier maçon, l'ouvrier plâtrier. L'ouvrier. Si seulement je pouvais. Je repense à ce qu'on a toujours dit des mains de mon père, des "mains en or". Je regarde les miennes.

Lui, il a *été* un ouvrier, un vrai.
Moi, j'ai *fait* l'ouvrier, c'est différent. Même si l'usine est la même.
On fabrique l'acier le plus fin. Pour l'électroménager, les voitures de course, les ailes des avions. Celui qui permet de fendre l'air. A d'autres.
Combien d'années maintenant que j'y suis ? A respirer ni plus ni moins large que les autres. Juste ce qu'il faut. Avec la moto pour le vertige certains soirs et le week-end.
A vivre quoi ?
Aujourd'hui on ferme des ateliers. La ligne de galvanisation où je travaille, on l'arrête. Un jour par semaine de chômage pour tous. Et il ne faut pas se plaindre. Sur d'autres sites, c'est pire. On nous dit qu'il faut partir. On organise des plans avec un peu de sous à la clef pour ceux qui acceptent de foutre le camp sans faire d'histoires. On balaie. Ça sent la fin pour l'acier en France. Ailleurs on peut le fabriquer moins cher, alors... Ils viennent même de nous mettre tous en RTT forcées. Quinze jours.

Toutes ces années à vivre quoi ? J'ai tout le temps maintenant de me le demander.

Dans le silence de mes parents, je sais ce qu'il y a sur le sujet. Ils auraient été si fiers que je fasse des études, comme Loïc. "Nous, ce qu'on veut, c'est que vous ayez une meilleure vie que nous, c'est tout." Quand ma mère me disait ça, j'avais envie de lui

répondre Mais ma pauvre mère, votre vie à vous alors, elle vaut quoi ?
Travailler à l'usine, revendiquer ce travail comme le font tous les ouvriers et puis ne désirer qu'une chose : quitter la peau de l'ouvrier. Moi, je n'ai jamais compris. Il y a des questions qu'on ne pose jamais à ses parents. On a peur de toucher là où on les sent fragiles.

Je suis allé à la fac. Pour leur faire plaisir.
Et je me suis senti décalé.
Rien à faire. Les filles là-bas, les garçons, leurs conversations dans les cafés, je n'arrivais pas à les rejoindre. Mes mots glissaient au fond de mes poches, comme mes mains.
Je ne faisais pas partie.
Est-ce qu'être fils de prof ou de médecin aurait changé quelque chose ? Rien que d'entrer dans ces bars "étudiants" où ça discutait tant, je me sentais déjà comme propulsé sur le trottoir. Personne ne faisait attention à moi pourtant. Je buvais une bière, deux bières, au comptoir, je ne m'asseyais jamais. Et je finissais par retourner à la rue. Seul.

Ce que je me rappelle de ce temps des "études", c'est les kilomètres de trottoirs qui ont glissé sous mes pieds dans la nuit. C'est là que j'ai commencé à lever les yeux vers les fenêtres allumées, pour guetter une silhouette, quelque chose derrière les rideaux. Une envie de voler l'air des autres, bizarre, que je ne m'expliquais pas. Je rêvais de m'introduire dans une de ces chambres qui paraissaient si belles

de la rue, si paisibles. Me glisser là, regarder dormir quelqu'un, tenir enfin quelque chose de la vie tranquille des autres, comprendre... je ne sais pas... J'avais de drôles de désirs et aucun goût pour les cours qui m'attendaient le lendemain.
J'ai fini par ne plus y aller du tout sans rien dire à personne et j'ai erré la nuit. Le jour je dormais beaucoup. Je ne suis jamais entré dans aucune des chambres qui me faisaient rêver.
Des fenêtres, mon regard a dérivé sur les balcons, les sculptures, les porches. Le seul métier qui m'aurait plu c'est l'architecture, rêver des constructions, les voir prendre forme mais c'était si loin de nous, de tout ce qu'on connaissait chez moi.
Mes oasis de l'époque, c'était à la BU*. Au moins là j'avais moins l'impression de les trahir, mes parents. A la BU je me plongeais dans des ouvrages d'archi. Je me perdais dans les frontons, les voussures. J'ai même acheté d'occasion quelques bouquins. Ils font partie de ce que j'ai rapporté dans mes sacs. Mes seuls trésors. J'aime les mots de ce monde-là. Ils sont toujours associés pour moi aux pierres, la nuit.
Les mots et les pierres ensemble c'est ma réserve secrète. Je marche dans les mots inconnus comme dans des rues étrangères et j'aime ça. Frontispice pilastre modillon. A qui j'aurais pu en parler ? J'ai cru que Karima comprendrait, mais pour elle, le savoir, ça doit être utile à quelque chose. C'est son métier de le transmettre. Elle est prof, comme Loïc.

* Bibliothèque universitaire.

Pour moi, le savoir, c'est juste pour vivre.
Les mots, c'est pour habiter quelque part dans ma tête.
Je me suis trimballé en fac, une année en histoire, une en psycho, une en socio. De l'errance toujours. Et le malaise de plus en plus fort. Malgré les bourses il fallait que mes parents ouvrent le porte-monnaie. J'avais l'impression de piquer dedans. Alors j'ai pris ce qui se présentait pour en sortir. Serveur, livreur de pizzas, coursier en tous genres, veilleur de nuit dans un hôtel, j'ai enchaîné les petits boulots pendant quelques années. Comme j'enchaînais les histoires avec les filles, à droite à gauche, rien de sérieux, rien de fort, rien qui m'emporte. Je vivotais.

Aujourd'hui je me dis que je savais déjà, quelque part au fond de moi, que je finirais par y entrer, dans cette putain d'usine, qu'elle me happerait, qu'il fallait que j'y passe. C'est peut-être pareil pour les fils de marins. La mer les attend. Moi, c'est l'acier. Ça donne du boulot depuis tellement de temps à tous ceux qui vivent ici. Alors.
Dans un bar un soir j'ai rencontré Lucas, un gars qui connaissait bien mon père. Un syndicaliste. La cinquantaine. Comment il faisait pour avoir tant de fermeté dans la bouche ? Ça me fascinait, cette assurance dans la façon de poser les mots "lutte, patronat, actionnaires"... Quand il parlait on aurait dit que les mots étaient des choses, là, devant nous, qu'on pouvait prendre, serrer, renverser. Détruire. Construire. De l'architecture. Tout avait l'air solide dans sa bouche et son regard ne cillait pas.

"Ils embauchent à l'atelier, tu devrais venir. On a besoin de gars comme toi."
C'est quoi "un gars comme moi" ?
Il a lancé ces paroles parce qu'il pensait que j'allais mal tourner à boire des bières ?... ou parce que c'était sa façon de mettre fin à la conversation ?
C'est lui qui a réglé la note.
"C'est ça. A demain", j'ai répondu.
Les mots m'ont embarqué.

Le lendemain je me suis fait embaucher. Le nom de mon père était une caution.
Ah ! elle en a pleuré, ma mère.
Toutes ces années pour rien alors... A quoi ça sert d'avoir passé ton baccalauréat si c'est pour te retrouver à l'usine, comme ton père ?
Sa façon de prononcer "baccalauréat" en entier, avec tout ce respect sur chaque syllabe.
Mon grand-père était ostréiculteur, à l'époque c'était encore bien plus rude qu'aujourd'hui. Ma mère et ses trois sœurs étaient vouées à la sardinerie. C'était comme ça pour toutes les femmes de son village, en Bretagne. Y échapper, elle le devait à son mariage avec "le Parisien" qui était venu passer une semaine de congé payé au camping du coin et l'avait épousée. Un luxe.
Le baccalauréat, c'était sa figure de proue.
Si seulement mon père au moins avait dit quelque chose ce jour-là. J'attendais quoi ? Un encouragement ? Un mot qui me dise que j'avais raison après tout. Que les études bidon, ça suffisait. J'essayais

d'être un homme. Comme lui. Comme je pouvais. Mais rien. Il est reparti, le dos courbé sur ses maquettes et j'ai eu envie de donner un grand coup de pied dans son monde minuscule.
L'usine, c'était toute sa vie et ça ne pouvait pas être si misérable, merde ! ou alors quoi, c'est toute sa vie qui était une vraie misère !
Une vie entière, ça peut être de la misère ?
Est-ce que ma mère a lu cette rage dans mes yeux ?
Elle s'est tue.

Elle a dû frémir d'espoir quand j'ai rencontré Karima. "Une fille qui en veut !" voilà ce qu'elle m'a lancé avec un sourire appuyé du genre "Une fille qui en veut, *elle* !".
Mon père, c'était visible, était séduit par les boucles brunes, les pommettes hautes, les yeux rieurs de Karima et ses longs doigts minces qui effleuraient les voiles des bateaux rangés sur les étagères au salon. C'est vous qui construisez tout ça ? Elle était émerveillée, comme une toute petite fille. Elle ne se forçait pas. Elle ne se force jamais, Karima. Elle a aimé mes parents tout de suite.
Un front uni, elle et eux, leurs regards tournés vers moi.
Je rentrais mes mains dans mes poches et je partais faire un tour à moto quand leurs regards, je ne les supportais plus.
Qu'est-ce que ça pouvait leur faire que je travaille à l'usine ? Je gagnais ma vie. C'était pas lourd mais ça suffisait. Je n'étais pas plus mal là qu'ailleurs.

Des rêves d'avenir, je n'en avais pas.
Comment leur expliquer, à elle, à eux, ce que moi-même je ne comprenais pas.

Quand je retrouvais Karima et qu'elle me regardait à sa façon, moqueuse et tendre à la fois, j'étais rassuré. Ce regard-là, c'était ma garantie depuis le début. Et même si je la décevais, ses yeux me disaient Ça va, entre nous, ça continue…
Mais plus le temps passait, moins elle me regardait comme ça. Elle voulait des mots.
Elle me reprenait : Pas des mots, Antoine, des *paroles*. Tu comprends, les paroles, c'est ce qu'il y a de plus beau, de plus fort entre les êtres humains, non ?
Elle était prof de lettres, et ce n'était pas pour rien.
J'aurais dû m'en douter.

Moi, j'ai la bouche vide.
Des paroles, j'en ai cherché pour elle. J'aurais aimé.
Ce qui me venait quand elle était nue, là, dans notre lit, c'était
Epaule
Hanche
Fesse
Cheville
Sein
Creux du genou
Un poème d'abruti. Le seul poème qui montait du fond de moi quand je caressais chaque partie de son corps. Je la détaillais, je la nommais dans ma

tête fragment par fragment et c'est ma main qui les reliait tous. Je me sentais fort. Les mots étaient là, sans bruit, partout à l'intérieur de moi et mes mains continuaient à la caresser. C'était ça, mes paroles, mais on ne peut pas offrir ça à une femme qui lit Flaubert.

Elle aurait ri.

Comme les mots d'architecture pour accueillir mes errances, la nuit, les mots du corps de Karima, c'était mon refuge.

Mon seul chant.

A l'époque, comme tout le monde, je me suis étonné. Elle, une fille brillante "qui en voulait !" comme disait ma mère. Prof de lettres, bûcheuse, et moi, ouvrier qualifié. Ça ne collait pas.

On s'était rencontrés chez Loïc, pour l'anniversaire de Sandrine, quasiment que des instits et des profs. On me reprenait gentiment On dit plus "instit", Antoine, on dit "prof des écoles"...

Je devais être le seul à représenter la "classe ouvrière", un ovni.

Karima s'était assise à côté de moi. Elle écoutait chacune de mes paroles avec une attention folle. J'aimais ça. J'ai tout de suite eu le chant qui est monté à ma gorge. Ça ne m'était jamais arrivé. Aucune fille n'avait déclenché les mots chez moi.

Genoux

Poignets

Lèvres

C'est venu tout seul. En silence.

Elle, elle me questionnait sur les cadences, l'atelier. Elle avait lu des textes sur l'usine. Elle était "politisée". Moi, je laissais les mots pulser le sang dans mes veines. Une ivresse.
Pour la garder auprès de moi, les yeux brillants, j'aurais fait n'importe quoi. Je savais que j'étais un imposteur, que les années d'errance, de rêverie, avaient fait leur chemin sous ma peau, que je n'étais pas le "prolétaire" qu'elle croyait, justement. Je ne pouvais pas lui dire que c'était sans doute pour ça qu'elle était attirée. Est-ce qu'elle aurait été séduite par Miguel ou Fanfan, des vrais de vrais ?
Je lui ai décrit pourtant. Ce qu'il y avait à décrire. Pas grand-chose. Au début ça m'a gêné. La vie de l'usine, des ateliers, c'était comme si je la faisais entrer dans un vestiaire de mecs après un match de rugby. Et puis je me suis pris au jeu et j'ai raconté vraiment. L'angoisse des gars qui montait depuis des mois, ceux qui avaient la cinquantaine ou plus et qui avaient une peur noire de se retrouver sur le carreau avec la maison à finir de payer, les gosses qui faisaient des études ou qui déjà cherchaient du boulot ; ceux qui s'en foutaient et pensaient encore que tout ça c'est des racontars, l'usine elle a toujours été là, les investissements du groupe au Brésil c'est pas grave, ça va continuer ici aussi ; les plus jeunes qui entraient là comme au McDo "on bouffe on s'tire" et si on a du mal à digérer au moins ça cale.
Je ne m'étais jamais rendu compte à quel point elle était là, en moi, l'usine.

Karima écoutait avec ardeur.
C'est le mot qui convient. Autant elle peut être glaciale, autant elle peut être ardente, et c'est à ce feu-là que je me suis brûlé.
Je n'ai rien décidé. C'est toute ma peau qui a décidé pour moi. J'avais envie d'elle, de l'odeur de ses seins, de son corps nu contre le mien. Et rien d'autre. Je n'avais encore jamais connu cette évidence. Pour elle, j'aurais fait n'importe quoi.
J'ai fait n'importe quoi.

Je me suis pris pour le sauveur de la classe ouvrière. Je me suis mis à écrire des phrases ardentes aussi. Des phrases de lutte. Des tracts. Je voulais qu'elle penche sa tête sur mes brouillons, je voulais sentir son souffle contre mon cou. C'est comme ça que je l'ai amenée jusque chez moi. En jouant à l'ouvrier en lutte que je n'étais pas. Parce que des ouvriers en lutte comme elle les rêvait, il n'y en a plus. C'est ceux du Front populaire qu'il lui aurait fallu ! Elle se faisait du cinéma. Et moi je suis entré dans son film.
J'ai fini par y croire, à mon rôle. Réunions et prises de parole !
Il faut dire que c'était facile, on nous servait, à chaud, la délocalisation, le mot qui réunit toutes les paniques. Ce n'était pas nous qu'on délocalisait, c'était les ateliers. On ferme ici, on ouvre ailleurs. Et le terrible mot "la crise" occupait les gorges derrière les mots. C'est avec ça qu'on fait un groupe.

Moi qui avais depuis belle lurette quitté toute illusion de localiser ma propre petite existence, j'ai fini par y croire.

J'ai cru au malheur du travail arraché.
Il y en avait quand ils en parlaient à voix basse à la pause, c'était comme si on leur avait coupé les bras. J'en ai surpris plus d'un à jeter vite fait un coup d'œil sur ses mains. Bonnes à quoi, hein, les mains qui ne travaillent plus ? C'était comme chez mes parents. La peur du "rien faire". Je m'y retrouvais d'un coup.

Mes mains à moi, elles caressaient le corps de Karima. Une drogue. J'aurais pu y passer mes jours et mes nuits. J'étais abasourdi par la puissance de son corps sur moi. "Oh ! elle t'a maraboutée ou quoi ?" m'a lancé Siki un soir après une réunion au *Bar des Sports*. J'ai ri. Aucune fille ne m'avait jamais fait cet effet-là.
Pourtant ce n'est pas le genre sur lequel on se retourne dans la rue. Sa beauté à elle, c'est comme ma réserve secrète avec les mots. Quelque chose qui ne se voit pas, qui ne sert à rien dans la vie de tous les jours, mais qui fait vivre.
Quand on avait fait l'amour longtemps, elle éclatait, sa beauté, elle rayonnait.
Sa peau rayonnait.
Tout son corps rayonnait.
Et moi je recevais tout ça. Une pluie d'amour. J'étais heureux.

La seule délocalisation pour moi, c'est quitter son corps.

J'aurais dû lui crier qu'elle était ma femme, celle que j'attendais depuis longtemps, toutes ces niaiseries qui sont de vraies paroles quand on les sent comme je les sentais. Ma femme. La seule qui me tienne la tête si près du ciel.

Mais je ne pouvais pas. Ma foutue bouche muette, elle ne s'ouvrait que pour discuter grèves et lutte avec les copains de l'usine.
J'embrassais sa bouche à elle. Je collais mes lèvres aux siennes. Ma langue la fouillait profondément, longtemps, mais je ne lui disais pas ce qu'elle attendait.
Elle en a eu marre d'attendre son tour, Karima. Elle n'a pas compris qu'elle m'impressionnait trop pour que j'ose avec elle.

Je veux la revoir.
Tout ce que je sais, c'est que je veux la revoir.
Il n'y a qu'avec cette idée en tête que j'arrive encore, le soir, à monter les marches du petit escalier en bois que ma mère ne cire plus depuis belle lurette, à me déshabiller.
Mon corps nu c'est un corps inutile, déprécié. Je m'allonge sur le lit à une place.
Mes camarades à l'usine, c'est ça qu'ils sentent ?
Il n'y a pas que les monnaies qui se déprécient, les hommes aussi. Sans valeur parce qu'on ne leur

demande plus rien. Plus d'effort pour se lever le matin, partir au boulot, se concentrer sur les nouvelles procédures, celles qui font l'acier encore plus fin, jusqu'au bout de la journée. Sans valeur parce qu'on ne leur demande plus de dépasser la fatigue, la lassitude des jours recommencés jusqu'à perpète.

Et moi double peine, doublement sans valeur parce qu'au lit, la seule femme qui m'en donnait, m'a quitté.

Alors je ne sais pas pourquoi, couché dans ce petit lit avec la sensation de tout mon corps inutile, je pense à mon père.
Il dort là, tout près, au rez-de-chaussée avec ma mère près de lui. Ils ne se sont jamais quittés. J'envie le nombre d'années qu'ils ont passées ensemble... quarante ? cinquante ? ça me paraît fou... A mon âge, ils avaient déjà des années et des années derrière eux de vie commune... A leur époque on choisissait moins. Les femmes restaient.
Ça devrait quand même pas être un malheur d'avoir le choix !
Si j'écoute bien je vais l'entendre ronfler, mon père, doucement, régulièrement, comme tout ce qu'il fait. Il a bercé sans le savoir tant de mes nuits.
Le matin, quand on se levait avec Loïc, il était déjà prêt. C'est lui qui préparait la première cafetière, ma mère beurrait les tartines. Il nous jetait un coup d'œil et avec un petit sourire il lançait A c'soir, les garçons ! on répondait A c'soir, p'pa ! il embrassait

ma mère dans les cheveux, pas nous parce que les p'tits gars, ça s'embrasse pas, mais il refaisait au revoir de la main à la porte.
Ma mère prenait aussitôt le relais avec son questionnaire de départ Vous avez bien fait vos devoirs ?... et ton contrôle de ci, Loïc ? Et ton devoir de ça, Antoine ? Elle connaissait nos cahiers de texte par cœur, nos emplois du temps sur le bout des doigts. Le nez dans nos bols on la rassurait. On faisait tout. Bien pour Loïc, il aimait ça. Passable pour moi. Sans plus.
Le plus, il m'a toujours manqué.
Je n'ai jamais compris la joie de Loïc à apprendre. Moi, il y avait quelque chose à l'intérieur qui ne voulait pas. Pas de toutes ces choses nouvelles tout le temps. Il m'aurait fallu des années pour apprivoiser tout ça. Ça allait trop vite. Ça me faisait peur. Je glanais ce que je pouvais et je faisais avec. Je donnais le change.
Passable. C'est tout.

Il n'y a qu'à l'usine, quand on a commencé à parler de lutte, de la façon dont on nous traitait, que j'ai commencé à sentir le "plus". Les questions de Karima avaient réveillé quelque chose en moi.
J'ai senti la colère. Et l'envie de justice.
Il fallait aller plus loin. Pas juste arrêter le boulot. Se faire entendre. Qu'ils comprennent, les actionnaires, qu'ils nous faisaient crever alors qu'on remplissait les carnets de commande ! Je voulais que tout le monde comprenne. Les bénéfices, ils sont là !

Enormes ! Leur mise, ils la ramassent et ils la multiplient. Si maintenant, avec la crise, ils en font un peu moins, des bénéfices, et même s'ils en font beaucoup moins, ils s'en sont mis tellement dans les poches qu'ils pourraient peut-être réfléchir à ceux qui leur ont permis tout ça, à la base ! C'est nous quand même ! C'est notre travail !
Là oui, j'ai eu du souffle. Et des "paroles".

Trop radicales mêmes.
Certains m'ont dit Bien sûr toi t'as rien à perdre, pas de femme pas d'enfants, tu peux te permettre de gueuler !
Eh bien il faut en profiter, hein ! Je peux me permettre ? Je me permets !
Ils ne comprenaient pas mais moi l'ardeur de Karima avait réveillé ma rage.

Je vengeais le dos voûté de mon père.
Je vengeais les éternels calculs de ma mère devant chaque boîte de petits pois. Le rapport qualité-prix minutieusement étudié, à s'en crever les yeux ! Toujours pour les mêmes ! et toujours les mêmes qui achètent sans avoir à regarder l'étiquette !
Là-dessus on était d'accord avec Karima. Au début, ça nous avait fait glisser de discussions en caresses folles. C'était magnifique. Je vivais à plein temps à plein corps.
Je prenais la parole devant des groupes, au café où on se réunissait. Ils m'écoutaient. Plus ils m'écoutaient, plus j'osais. Ces paroles-là, je pouvais. C'était

facile parce qu'elles disaient des choses qu'on vivait tous ensemble, qu'on voulait tous ensemble. Ce que j'arrivais pas à dire, c'étaient les mots du dedans, les miens. Pas ceux de "la classe ouvrière" en lutte, ceux du gars que j'étais, moi tout seul, à l'intérieur. C'était ça qu'elle attendait, Karima ? On était sur une fausse piste, tous les deux. Elle voulait que je lise des livres. Je ne pouvais pas non plus. Les livres qu'elle me mettait dans les mains, ça touchait à des choses trop intimes. Je n'y arrivais pas. Elle ne comprenait pas.

Elle s'éloignait.

Elle n'avait pas envie de vivre avec la classe ouvrière tout entière.

Comment je pouvais être si fort en paroles pour le collectif et pour elle, rien ? *Nada.*

Elle s'ennuyait ?

Ça va vite, la dégradation dans l'amour. Aussi vite qu'à l'usine. Je l'ai senti qui virait au modèle réduit, notre amour, comme les beaux bateaux de mon père qui n'avaient jamais pris la mer.

Un soir elle n'est pas venue au café, avec nous, elle m'a lancé C'est bien beau, toutes ces parlottes mais en attendant, ils délocalisent quand même, ils vous demandent de donner toutes vos RTT d'un coup, après ça va être le chômage technique et vous, vous faites quoi ? Vous allez pleurer tout le temps après le boulot qui s'envole au Brésil ? Vous faites QUOI ? Vous l'occupez, l'usine ? Vous prenez en otage un dirigeant ? Quoi ?

Il fallait que je devienne au moins un héros de la lutte pour continuer à l'intéresser ?

Je l'aurais giflée.
Qu'est-ce qu'elle y comprenait, elle, bien tranquille avec son traitement qui tombait tous les mois, hein ?

On s'est regardés comme si on était des ennemis.

Et puis je lui ai balancé en vrac tout ce que j'imaginais que les copains devaient penser d'elle, avec son petit air d'"intello politisée". Je me suis bêtement vengé de mon malaise avec eux, avec elle.
Accroche le poster de Che Guevara au-dessus de ton lit et fous-moi la paix.
Pire qu'un crachat.

Elle s'est tue d'un coup. Je crois que la haine, elle était là, pas dans le silence non, dans l'arrêt brusque, total, de sa parole. Plus rien ne pouvait sortir. La haine. Au fond de sa gorge. Ça barrait tout.
J'ai voulu la toucher, juste la toucher, parce que ça ne pouvait pas être nous deux, tout ça. Elle a repoussé mon bras avec une telle violence que je me suis arrêté net. Elle a claqué la portière de sa voiture. Je suis resté sur le trottoir, abasourdi par l'enchaînement des mots, des gestes, par la violence dont on était capables.

Ce soir-là, après la réunion avec les autres, j'ai retrouvé mon errance d'il y a des années et les bières dans des bars encore ouverts. Je n'arrivais pas à rentrer. J'ai attendu l'épuisement. Tout était noir dans l'appartement quand j'ai poussé la porte. Je me suis écroulé tout habillé sur le divan du salon. En sombrant dans le sommeil je savais que ce n'était plus “chez nous”, c'était redevenu “chez elle”.

Après, il n'y a plus eu que les discussions à l'usine, avec les autres pour me tenir la tête hors de l'eau. Les questions de Karima, je les ai posées aux autres, je les reconnaissais, elles étaient les miennes depuis longtemps. La séparation les a fait éclater.
Je n'arrêtais plus de demander On fait quoi ? On y va ?
J'essayais de me glisser dans le On parce que le Je, c'était trop difficile.

Dans le petit lit maintenant, ici, j'attends que la nuit tombe avec mes questions et me laisse juste l'odeur de Karima. Je la réinvente chaque soir. Pour le moment ça va, j'y arrive. Le jour où je perdrai son odeur, je ferai quoi ?
Je revois les maquettes de mon père dans ses mains. On ne peut vraiment rêver qu'à la mesure des paumes de ses mains ?

Ce matin, je me suis mal réveillé. Encore une nuit passée à agiter les fantômes. Dans mon rêve, il fallait absolument que j'appelle Karima. Elle devait s'inquiéter. J'essayais de faire son numéro de portable mais mes doigts glissaient sur les touches, je n'y arrivais pas. Et l'angoisse montait montait.
Je plonge mon nez dans l'odeur chaude du café. Ça me rassure, ce parfum-là, je le connais par cœur et la cuisine de mes parents me fait du bien aujourd'hui.
J'ai sorti le camion. Mon père a guidé la manœuvre. Ça me fait drôle de conduire avec ma mère à côté. Je me demande si ça nous est déjà arrivé, moi au volant, elle en passagère. J'ai l'impression de prendre une place qui n'est pas la mienne. Celle de mon père. Etrange.
En fait, plus rien n'est à sa vraie place.
Que je retourne dormir dans ma chambre de petit et que ce matin ce soit lui qui prépare tout, le café et les tartines, ça décale quelque chose dans ma tête. Les places ont changé. Il faut que je m'adapte.
Je me rappelle l'histoire des trois ours et de la petite fille qui essayait chaque chaise : la grande,

la moyenne, la petite. C'est la seule histoire que ma mère connaissait et je la redemandais soir après soir. Est-ce qu'on passe toute sa vie à changer de chaise ?

— Dis, Antoine, c'est vrai ça, qu'ils vous ont obligés à donner toutes vos heures de RTT d'un coup pour pouvoir fermer l'usine pendant quinze jours ? Je soupire. Ma pauvre mère se fait du souci, ça y est ! Je ne la regarde pas, je fixe des yeux les feux pour ne pas rater le passage au vert.
— Qui est-ce qui vous a mis au courant ?
— C'est Lucas, il a téléphoné à ton père hier. Il dit qu'il y a plus assez de gars au syndicat pour faire le poids… Les adhérents, il leur court après, c'est plus comme avant.
Lucas. Il m'agace de plus en plus, celui-là. Nos rapports se sont tendus d'assemblées en réunions de bistrot. On évite de se parler en dehors. Il n'apprécie pas mes prises de parole, je le sais. Ni lui ni moi on n'oublie que c'est lui qui m'a lancé la bouée pour venir travailler à l'usine, ce fameux soir dans le bar. J'ai l'impression que ça fait des siècles. “On a besoin de gars comme toi.” Qu'est-ce qu'il espérait ? Que je sois comme mon père : un bon militant pas trop casse-couilles ? Mais sa façon de parler du syndicat comme l'ultime, le seul recours, ça me fait penser aux curés. Rien à faire. Je ne supporte pas. Sans syndicat, pas de salut ! Ah non ! je lui ai lancé un jour Moi les combats d'arrière-garde, j'en ai marre ! J'ai cru qu'il allait m'envoyer son poing dans la figure ! mais non, il sait se retenir, c'est un

homme qui a appris à encaisser, à parler aux patrons, aux ouvriers, à tous. Il encaisse et il avance. En fait, il y croit et c'est peut-être ça que je supporte le moins. Lui, il est à sa place. Sur l'échiquier, il sait quelle partie il joue.
Moi, j'avance à l'aveuglette.
A côté de lui j'ai toujours l'impression de trahir et je ne sais même pas quoi.
Depuis quelque temps, il me trouvait dangereux, trop prêt pour des actions "qui risquent de déborder" mais quoi, qu'est-ce qu'il attend, avec son syndicat ? ça ne déborde peut-être pas encore assez la misère ? Il faut attendre que toutes les digues se rompent et que ça envahisse tout ?

Ma mère à côté de moi, reprend :
— Tu sais, moi, j'ai connu le temps où quand les huissiers, ils venaient pour embarquer les meubles d'un pauvre gars qui pouvait plus payer, eh ben, les déménageurs ils avaient beau s'échiner à monter les meubles dans le camion, nous tous, on les descendait aussi sec et on les remettait à leur place, fallait voir ! On se laissait pas faire ! Ton père n'était pas le dernier !

Je souris. Ma petite mère. Il y a de la fierté dans sa voix.
J'ai du mal à imaginer mes parents en "désobéissants civils" comme on dit aujourd'hui. Mais j'aime cette idée. Voilà les ouvriers que Karima aurait tant aimé rencontrer. Ceux de la vraie classe ouvrière.

Je jette un œil à ma mère. Elle a les mains posées bien à plat sur sa besace en vieux cuir et une casquette que je ne lui connaissais pas un peu de guingois sur ses cheveux courts. Sa tenue de marché.

Mon père la regardait avec amour tout à l'heure. C'est fou une histoire qui s'accroche aux jours et aux nuits comme ça. Il m'a glissé Tu vas voir quand elle rentre du marché, elle dévore !

Il est fier d'elle.

Je les envie.

Et d'un coup me revient à l'esprit le petit carnet noir qu'il brandissait parfois avec cette même fierté dans le regard.

Il y écrivait avec un crayon de papier le soir avant de se mettre à ses maquettes et, quand il avait fini, il le remettait dans la poche intérieure de sa veste, bien soigneusement. Je rêvais de mettre la main dessus quand j'étais môme. Je me demandais ce qu'il y écrivait et qu'il gardait avec tant de soin. Ça, c'est mon secret de fabrique, mon petit gars, ça vaut de l'or et ça se donne pas comme ça… on verra quand je serai mort…

— M'man, tu sais où il est, le petit carnet de papa ?

— Quel carnet ?

— Tu sais, le petit carnet noir où il écrivait, à la cuisine…

— Son carnet d'usine ? ça t'intéresse ?

— Oui.

— Je ne sais plus où il est, il faudrait lui demander…

il y a eu un temps où Loïc le voulait pour ses élèves, leur montrer...

Il m'emmerde, Loïc, avec son goût pour les reliques de la classe ouvrière. Il devrait ouvrir un musée et faire jouer notre père dedans ! Ça ne se montre pas, un carnet comme ça !
— Il lui a donné, papa ?
— Non... je crois pas... il a dû se débrouiller pour dire ni oui ni non, tu sais comment il fait quand il veut pas...

Je me promets qu'en rentrant je vais lui demander. J'ai envie de l'avoir dans les mains, ce carnet. Comment ai-je pu l'oublier aussi longtemps ?
J'avais même essayé de le prendre, un soir, dans sa poche, quand j'étais petit.
J'étais redescendu sans faire de bruit, j'avais attendu que tout le monde soit couché. Je guettais les respirations endormies dans la maison mais c'était la mienne que j'entendais, que j'essayais de calmer. J'avais le cœur qui cognait.
J'allais voler.
La veste de mon père était suspendue à son cintre dans l'entrée comme d'habitude. Je me rappelle encore son odeur toujours un peu chaude, l'odeur de mon père. C'est cette odeur qui m'avait retenu, comme s'il était là, vraiment.
Il fallait oser pourtant. J'avais glissé la main dans la poche, vite. J'avais touché le carnet, et là, une peur terrible, aussi forte que toute mon envie, m'avait arrêté. Je me rappelle encore. Tétanisé. Même pas

oser le sortir de la poche. Surtout pas le regarder. Le toucher c'était déjà trop. Quelque chose de lui, de trop intime, à quoi je n'avais pas droit.
Je m'étais enfui dans la chambre, dans mon lit, dans le sommeil, le cœur tout palpitant. Et j'avais gommé cet épisode. Sauf la honte. Elle me traverse encore. Et si les lignes s'étaient effacées avec le temps ? La trace au crayon de papier, c'est si fragile.
C'est bien mon père, ça, humble jusque dans ses secrets de fabrique. Ouvrier ouvrier.

S'il savait aujourd'hui comment on fait pour les attraper, les secrets de fabrique, à l'usine. Ça me dégoûte. Ils savent bien jouer, tiens, sur la fascination des gens pour la reconnaissance publique. Allez, comme à la télé !
Si tu te débrouilles mieux que les autres pour obtenir un acier plus fin, avec des procédés plus rapides, on t'envoie quelqu'un. On te parle de ton "savoir-faire"… et on te dit qu'il faut en faire profiter les autres. L'entreprise dans ce cas-là te la joue "grande famille". On se serre les coudes. On fait "équipe". Donne ce que tu as trouvé, ton fameux "savoir-faire", on va le mettre dans l'ordinateur. Tu as droit à une belle interview par quelqu'un de bien payé pour ça. Et tout est retranscrit. Plus de petit carnet à remplir scrupuleusement, avec fierté, le soir chez soi. Plus de petit carnet à brandir devant les enfants comme une vieille carte au trésor. Non. Le seul vrai trésor à livrer comme héritage, celui des mains qui font du bon travail, il s'est envolé. Allez hop ! vive

internet ! ça file d'un clic chez ceux qui vont former des gars à prendre ta place pour moins cher à l'autre bout du monde. Une pratique bien établie. Qui a ses adeptes. Parce que tu te retrouves avec ta photo dans l'atelier.

C'est ça l'os pour le chien.

Tu es mis à l'honneur, à l'américaine, et tu es fier, le temps de ta photo sur le mur. Ton savoir-faire a été reconnu ! il va même servir à d'autres. Premier de la classe !

Ça pourrait être beau dans un monde qui ne cherche pas d'abord à faire du fric et encore et encore. Tu en parles à tes enfants… Tu ne te rends même pas compte que tu viens de creuser encore un peu plus vite ta propre place de chômeur potentiel.

J'ai les paroles de Frank qui me cognent dans la tête. C'était au vestiaire, la dernière fois qu'on parlait de la délocalisation, du boulot qui fout le camp.

Il l'avait eue, sa photo, au mur, Frank, son heure de gloire. L'heure de gloire, elle n'avait pas duré.

Il avait la voix sourde.

Je l'entendais, la rage, qui n'arrivait pas à sortir, qui lui bouffait le ventre.

Je sais reconnaître ça.

Ça martèle les mots pire que n'importe quel poing.

Il était adossé à son casier. Il avait les yeux dans le vide, droit devant.

On venait juste d'apprendre qu'au Brésil les actionnaires avaient misé gros.

C'était là-bas, l'acier, maintenant.

A Monlevade. Un joli nom.
Nous, on ne savait même pas où c'était sur la carte. On avait juste le nom. Monlevade. Il y avait tout pour que ça rapporte encore plus, là-bas, et les ouvriers étaient bien contents d'avoir du boulot, tu parles ! les bas salaires pour nous, là-bas c'était le jackpot. Toujours la même chanson.
La voix de Frank ne lui ressemblait plus. Ils se foutent bien de notre gueule, il disait, tiens ! et qu'est-ce qu'on va leur dire, à nos enfants, ils y pensent des fois ? On va leur dire de travailler à l'école ? de faire des efforts comme nous ? et tout ça, pour être jetés au bout du compte ? comme des moins que rien ? On peut plus leur dire de faire comme nous, à nos gosses. On n'est plus des exemples pour eux, ah non ! Alors on est quoi ?

Je n'ai pas d'enfants.
Je ne sais pas ce que c'est de rentrer le soir et d'avoir le regard de ses enfants posé sur soi.
C'est vrai que ma mère, assise là sur le siège à côté, nous a dit de faire des efforts, pour avoir une bonne vie, quand on était petits. Qu'est-ce qu'elle se dit maintenant ? La bonne vie finalement, c'est eux qui l'ont eue, même si c'était dur. Elle se les pose, ces questions, ma mère, j'en suis sûr. C'est ça qui l'inquiète dans l'histoire des RTT.

— Oui on va "donner" nos RTT d'un seul coup à l'usine, maman. On a le choix ?

Elle s'est tue, ma petite mère, jusqu'au marché, elle s'est contentée de m'indiquer la route.

Les paroles en friche dans ma tête. Celles de l'usine, celles de Karima. Je ne sais pas quoi faire de tous ces mots. Ils ne me quittent plus.

— Oh mais dis donc, v'là la relève !
De n'importe qui d'autre je l'aurais plutôt mal prise, l'expression. La relève de qui ? de quelle armée en déroute ? Mais Marcel, le vieux bouquiniste, le copain de marché de mes parents, a dans son regard bleu une telle bonté que je lui tends la main avec un sourire. Je l'ai déjà vu chez eux. Ils l'invitent à manger de temps en temps. Et je l'aime bien.
— Il vient aider, tu sais bien que mon pauvre Louis, avec son dos, il a du mal.
— Oh je sais, je ne suis pas mieux loti de ce côté-là... heureusement qu'il nous reste la tête, hein, Andrée ?
— Tu sais ce qu'elle disait ma mère, Marcel, "La tête c'est l'plus haut d'la bête, y a qu'les fous qui s'en plaignent". J'ai jamais compris ce que ça voulait dire mais ça m'est resté. Dans la tête justement, c'est pas drôle, ça ?

Je me mets à décharger le camion. Ma mère a retrouvé sa langue. Je les entends qui discutent et ça me fait du bien. Je n'aime pas gâcher l'horizon. Surtout pas celui de mes parents.

Ici, sur le marché, tout le monde a l'air vivant. Il est tôt pourtant et ça jacasse et ça gueule mais ce qui me frappe, c'est la vie. Une bouffée d'air. Ah, si cette vie pouvait me remplir moi aussi.
J'essaie d'être vraiment ici, avec eux, de ne plus penser à l'usine, à tout le reste.
Ils se harponnent les uns les autres, ils se balancent des vannes, j'entends aussi de sacrés jurons du côté des légumes, une affaire de caisses renversées mais c'est de la vie aussi, ça se termine avec des claques sur l'épaule. Ici on respire. Je ne sens pas le couvercle sur la tête comme quand je rentre à l'usine. Pour eux tous, on dirait qu'il n'y a pas ce danger qui plombe tout, le danger de perdre le boulot.
Pourtant la crise, elle est dans tous les porte-monnaie. Il y en a un qui la chante "Elle est belle, elle est belle, mon andouillette, elle connaît pas la crise ! allez-y, elle est belle !" Les autres rigolent. Il y en a qui haussent les épaules mais ils attendent la prochaine vanne du charcutier. Je me dis que c'est sur les marchés qu'on trouve les premiers chansonniers. Ils répercutent l'info avec le décalage de la rigolade. J'entends ma mère qui enchaîne "La crise, la crise, elle les arrange bien tous, en attendant faut bien manger... et recoudre ses boutons de culotte...". Elle rit avec Marcel qui lui a apporté deux, trois romans. Elle les lira l'après-midi, assise à la table de la cuisine, quelque chose que je ne l'avais jamais vu faire. J'ai été stupéfait quand je l'ai découverte, devant son café, en plein milieu d'après-midi, toute seule, absorbée par sa lecture.

Il faut bien que je m'occupe ! elle m'a lancé un petit sourire fiérot. J'ai jamais eu le temps avant... mais maintenant je peux... C'est Marcel qui me les donne depuis que je lui ai dit que des fois, j'avais un peu le bourdon l'après-midi quand ton père fait la sieste...
Je la regarde feuilleter, d'un air curieux, les romans qu'il lui propose. Elle fait ses provisions pour les après-midi à venir.

En face de nous maintenant s'installe sans bruit une femme. C'est son silence qui m'a surpris. Active, mais dans un autre rythme, lent, sans à-coup. Je ne l'avais pas remarquée. Ses bras portent les caisses comme s'ils entouraient un berceau. Elle a l'air sur une autre planète, indifférente à l'agitation de tous ceux qui s'installent. On dirait qu'elle glisse. Juste un sourire quand ma mère l'interpelle :
— Alors Fatoumata, toujours en forme ?
— Il faut bien, madame Andrée, il faut ! et la journée sera belle !
La voix suit le même rythme que le corps, douce, balancée.

Elle me sourit avec un petit signe de tête. Je marmonne un Bonjour et je me retrouve comme à douze ans, à détester ma mère à la sortie de l'école parce qu'elle clame :
— C'est mon grand, Antoine, il vient m'aider, il est revenu à la maison...
Personne n'a besoin de connaître ma vie, bon dieu !

Personne. De quel droit elle étale ça devant tout le monde ?

Oh, je sens que je ne pourrai pas rester longtemps avec eux. Rien à faire. Les parents, c'est les parents. Je n'y arriverai pas sans leur sortir un truc moche pour une bêtise comme ça un jour ou l'autre. J'ai trop de mal à supporter quoi que ce soit en ce moment.
J'ai beau faire attention, je sens que tout ce que je retiens peut monter d'un coup, là, à fleur de peau. Ma tranquillité, c'est juste de la surface. Le plus petit déclic et hop ça explose.
Je me battais quand j'étais môme. Pour un oui, pour un non. La bonne raison, c'était toujours protéger Loïc quand des plus grands s'en prenaient à lui. Les mauvaises raisons, il y en avait plein…
Je pourrais recommencer. Ça me brûle les poings, l'envie de cogner à nouveau. Ça me fait peur. Quand c'est trop fort, je me promets un grand tour à moto. Rien que de penser à la route qui s'ouvre, vite, vite, ça me calme un peu. Ce qu'il faut pour tenir.

La femme en face fait comme si elle n'avait rien entendu, elle continue à déballer sa marchandise, allume un brasero. Ses gestes glissent, lents et précis à la fois. Et l'odeur commence à piquer l'espace, par petits points précis comme les couleurs des légumes qu'elle fait frire. Les épices.
Je respire ces parfums. Et c'est Karima qui me revient, d'un coup, dans la poitrine.

Les rares fois où elle faisait la cuisine, c'était avec des épices. Toujours. Sa façon de les choisir, juste une pincée de poudre orangée, une autre plus rouge… Pas sel-poivre et c'est fini, comme j'avais vu tant de fois ma mère le faire, non, elle, c'était lent, comme si elle cherchait… Sa cuisine, c'était comme un tableau qu'elle aurait peint, en l'inventant, touche par touche. Je ne savais jamais ce que ça allait donner à l'avance mais peu à peu le palais, pas seulement le nez, repérait l'odeur et à un moment toute la saveur arrivait dans la bouche avant même que j'aie goûté.
Comme j'ai aimé faire l'amour à Karima après ces repas de fête. Retrouver le goût des épices sur sa langue, le promener sur toute sa peau.
Je sens mon sexe qui se dresse. Inutile.
Je rentre dans le camion, j'empoigne la caisse la plus lourde. Crève ! Je suis trop con. Je n'ai pas su l'aimer comme elle avait envie d'être aimée. La désirer, oui. La vouloir de la tête aux pieds contre moi, sa peau contre ma peau. Entière. Entièrement à moi. Et ça voulait dire quelque chose "à moi". Elle, c'est tout ce que j'ai eu dans ma vie. Pas de diplôme. Pas de projet. Pas de passion. Elle, c'est tout. Tombée dans ma vie comme ça. Un cadeau. Trop beau pour moi. Je m'en veux de bander dans le vide. J'ai plus treize ans. Je ne peux pas m'en empêcher. Et c'est violent. Je descends la caisse. Je remonte en prendre une autre. Abrutir ce corps qu'elle ne désire plus. Le crever à la tâche. L'oublier.
C'est fini, la joie du marché.
Je me pourris tout seul.

Je décharge tout ce qui reste, sans m'arrêter.
Ne plus rien ressentir d'autre que la douleur dans les bras, le dos, les jambes. S'épuiser.
Oublier. Oublier.

Et soudain, Marcel est là.
— Oh ! la jeunesse, tu viens boire une bière avec moi, je n'aime pas boire tout seul. Le bistrot vient d'ouvrir, c'est pas trop tôt.
— Va, Antoine ! lance ma mère. Le reste, je peux le faire toute seule. Y a plus qu'à ouvrir les caisses. J'ai jamais eu aussi vite tout mon matériel sorti du camion. Allez, à tout à l'heure.

Elle grignote un morceau de beignet offert par sa voisine. Au passage elle me le met dans la bouche C'est pas bon ça ?

Le regard de la femme est rapide mais je l'ai senti. Je retiens l'envie furieuse de repousser le bras de ma mère, de jeter le morceau, de cracher. Je mâche. C'est épicé et sucré à la fois. Je mâche. La femme sourit.
J'attrape mon blouson et je marche à côté de Marcel. Au bar du Marché, il y a ceux qui collent déjà au comptoir pour leurs bières ou leurs petits blancs et puis à une table, au fond, des gars qui déballent de leurs étuis une guitare, un violon, une clarinette, un saxo. Marcel m'explique que tous les dimanches le patron invite un groupe à jouer. Ils testent le public. Il y en a qui ont fait leur route

depuis. Ils reviennent de temps en temps après, par amitié. Montreuil est devenue une drôle de ville : vieux Montreuillois, Maliens, Turcs et bobos se retrouvent au marché, dans les rues, les enfants dans les écoles de la ville. Je sais que Loïc aimerait bien y être muté mais pour le moment il n'a pas assez de points. Il parle du "mélange culturel" et de la réussite que ça peut être pour la suite dans une société. Karima est toujours d'accord avec lui. Et merde. Si je l'imagine aussi ici, à côté de moi, à boire une bière, je suis foutu.
Je me tourne vers Marcel, bien décidé à m'en tenir au présent, ici.
— Ça fait combien de temps que tu vends tes bouquins, Marcel ?
— Oh là, quand on aime, jeune homme, on ne compte pas ! je ne sais pas. Des années ! trente, quarante peut être... j'ai toujours chiné dans les bouquins...

Il boit un peu puis il reprend :
— Non, ce n'est pas tout à fait vrai... Au début, tu vois, je faisais aussi les bijoux anciens, pas les diamants hein, les colifichets mais qui avaient de la gueule, du beau quoi... c'était du temps de ma femme.

Je ne connais rien à la vie de Marcel, je sais qu'il vit seul, c'est tout.
— Elle choisissait bien. Elle est partie trop tôt, ma petite Lucile, et je n'ai plus eu le cœur de continuer sans sa voix à côté qui s'exclamait "Ah, Marcel, celle-là il nous la faut !" pour une bague ou

une broche. J'ai rangé tout mon fichu chagrin dans les livres, tu vois. Et quand je vais sur sa tombe, eh bien je lui fais la lecture. Voilà. Une ou deux pages que j'ai aimées. Je les lis tout haut. Rien que pour elle. Je suis sûre qu'elle aurait aimé aussi et ça me fait du bien. C'est bête, hein… mais c'est vrai… ça me fait du bien…

Marcel boit lentement sa bière. Il ne me regarde plus. Je suis touché qu'il m'ait confié quelque chose d'aussi intime. Je l'imagine. Je ne sais pas où est enterrée Lucile et je ne lui demanderai pas. J'imagine juste ses mains à lui, que je regarde là, de belles mains solides et fines autour du verre, les mains qui tournent les pages. Et sa voix. Je le vois debout, bien droit, tout seul, et les larmes que je retiens si fort depuis tant de jours me prennent au dépourvu.

Dans les toilettes du bar je pleure comme un môme.
De tout.
De ce monde où je ne peux pas serrer dans mes bras une femme qui n'est pas morte et que j'aime toujours.
De ce monde où un vieux type aux cheveux blancs va lire sur une tombe de banlieue des pages et des pages depuis des années.
De ce monde où je suis en RTT forcées et où je n'ai plus envie d'aller me battre contre des moulins.
De ce monde où Frank et tant d'autres ne savent plus quoi dire à leurs gosses pour tracer une route de vie.

De ce monde que mes parents vont quitter un jour, aussi humblement qu'ils l'ont habité.
Je pleure.
La musique arrive par vagues jusqu'à mon cœur effondré. Je ne sais pas combien de temps je reste là. Je pèse chaque pierre qui tombe de ma poitrine dans les rythmes manouches et je repense à toutes mes nuits solitaires quand je marchais dans les rues et que je regardais comment est construite une ville. Comment je suis construit, moi, dedans ?
Toutes mes années, comme des bâtiments posés les uns contre les autres. Sans harmonie. Rien que du disparate. Et même plus d'espace pour que l'air passe entre mes côtes, comme la lumière entre les ruelles.

A l'intérieur, je me sens disjoint.

Marcel m'a attendu. Quand je reviens près de lui, avant que je dise quoi que ce soit, il murmure :
— Excuse-moi, mon p'tit gars. Avec mes histoires de cimetière, je déraille. Je n'en parle jamais d'habitude.
— T'excuse pas, Marcel. En ce moment c'est moi qui déraille. Il y a trop de choses qui se percutent…
— Et t'as pas la gare de triage, hein ?
— C'est ça.
— C'est la merde à l'usine ?
— Oui. Et pas seulement.
— C'est souvent comme ça, mon garçon. Tout à la fois.

Je parle de l'usine. De Karima je ne peux pas.
— Ils délocalisent. Au Brésil. A Monlevade. Enfin ils nous demandent pas d'y aller. Ils filent carrément le boulot là-bas. C'est plus rentable.
— Monlevade ! Tiens donc !
Marcel m'attrape le coude. Il se penche vers moi.
— Eh bien, j'aurai quelque chose à te montrer tout à l'heure ! Un bouquin. Faut que je le retrouve. Je l'ai peut-être laissé à la maison, c'est bien possible… mais tu vas être étonné. La vie n'est pas banale parfois… Monlevade, voyez-vous ça…

C'est seulement à ce moment que je remarque que Fatoumata est attablée, tranquille, devant un verre. Elle fume lentement en suivant la musique d'un mouvement de tête léger. Elle ouvre les yeux. Son regard croise le mien. Elle sourit puis referme les paupières, retourne à son monde silencieux, portée par la musique.
D'où vient-elle ? Quelle route a-t-elle suivie pour se retrouver dans ce marché de banlieue à vendre la cuisine de son pays ?

Marcel a suivi mon regard.
— Elle est spéciale, notre Fatou, tu sais. Elle a débarqué ici avec ses cinq sœurs. C'est l'aînée. Je ne l'ai jamais entendue dire un mot plus haut que l'autre mais les petites, elle les mène à la baguette. Ça ne rigole pas, je peux te le dire. Elles déboulent à la fin du marché pour manger avec elle et l'aider à ranger, tu vas voir la troupe !

— Elle n'a pas d'enfants ?
— Non. Pas de mari non plus, que je sache. Elle s'occupe des petites et ça lui suffit. Son truc, c'est qu'elles aient le baccalauréat !
— Elle aussi !
— Pourquoi tu dis ça ?
— Pour rien, comme ça… je croyais que ce foutu diplôme, il n'avait plus de valeur.
— Ben oui mais c'est comme pour tout, mon gars, c'est quand tu ne l'as pas que tu sais à quoi il sert. Allez, on y retourne ?

Quand je passe près de Fatoumata, je lui souris. Je voudrais tant moi aussi trouver une force qui me fasse traverser tout le désert qui m'attend.
En arrivant près du camion de ma mère, je la vois, bien campée derrière son étal, en train de renseigner une cliente. Elle a belle allure. L'âge ne lui enlève rien. Je l'imagine jeune, quand elle a rencontré mon père. Elle devait être une vraie beauté. C'est la première fois que je l'imagine. En fait, c'est la première fois que je la vois travailler. Je réalise. Drôle de choc filial. Ma mère, au milieu d'autres gens que nous, hors de la maison, en train de travailler. Et moi, le fils, en sursis, RTT forcées. Au jeu des sept familles de mon enfance, quelque chose ne va pas.

Quand je pense que j'ai déboulé dans la vie des parents avec ma gueule de trois mètres de long, mes silences, ma colère. Ils m'ont tout simplement fait la place. Parce que je suis le fils. Et moi je me sens si peu leur fils parfois que j'en ai honte.

Elle me tend fièrement son portable. Elle en a un depuis qu'elle sort de temps en temps sans mon père pour faire des courses ou juste prendre l'air. Ils ont besoin de savoir qu'ils sont reliés quand même.
— Il y a Loïc qui a appelé. Il veut t'inviter à dîner un de ces soirs avec Sandrine. J'ai dit que t'étais avec Marcel, que tu rappellerais après.

Ce qu'elle ne sait pas, c'est que les appels de mon frère, je les filtre. Je ne réponds pas. Je n'écoute pas ses messages. Pas envie.
— J'ai le mien, de portable, m'man. C'est bon. Je répondrai tout à l'heure.
— Il dit que tu rappelles jamais. Vas-y. Je me sers jamais de leur forfait jusqu'au bout, on va pas leur faire de cadeau !

Décidément, faire le fils, faire le frère, j'ai du mal. Bon. J'attrape le portable de ma mère.
— Promis, j'appelle tout à l'heure.

Je pars me balader entre les allées du marché. J'évite soigneusement les gars qui tendent les journaux de leur parti aux gens qui passent. Les militants de marché, ils me rappellent trop Lucas. Fidèles au poste tous les week-ends et, d'un pied sur l'autre, à tenter de convaincre ceux qui s'arrêtent, parfois

juste pour faire la conversation avant de repartir remplir les paniers.
Je ne suis pas un militant. Je sais “ouvrir ma gueule”, comme dit Lucas. Mais militer, suivre une ligne, non. Quand je parle aux autres, à l’usine, ce n’est pas “militer”, c’est comme si ma réserve de mots s’enflammait d’un coup, c’est tout. Moi qui ne l’ouvre pas, justement, d’habitude. Arrive un moment où les mots vibrent à l’intérieur, alors rien ne m’arrête.
J’ai aimé me laisser emporter par les mots qui venaient tout seuls.
Ça s’enflait. Ça me faisait voler au-dessus de tout. Quand je parlais là-bas, devant les autres, quand je sentais que ça vibrait aussi chez eux, j’étais un autre. Un autre bien plus fort que moi qui déambule dans le marché, à me poser trop de questions. Un autre qui n’a plus peur de rien. Qui voit la vie en vrai. Tout est possible. Dans ces moments-là je me sentais vivant. Comme jamais. Mais mes mots n’avaient rien à voir avec un discours clair, conscient, mesuré. Ni objectif ni stratégie. Non. C’étaient des choses qui sortaient d’un coup et ça devait bien rejoindre ce que les autres avaient emmagasiné eux aussi depuis des lustres puisqu’ils écoutaient.
Mais ça mène à quoi ? demandait Lucas.
Je ne sais pas où ça mène. Je ne sais pas. Ce que je sais, c’est que les mots dans ces cas-là, ils ont une vraie force, qui vient de loin et que c’est avec ça que je marche. Pas avec les discours mesurés. Je ne peux pas expliquer.

Alors je me taisais. Et Lucas haussait les épaules, excédé. Il s'agit pas juste de les enflammer les gars, tu comprends ? On n'est pas là pour ça. Il faut leur donner une route à suivre, concrètement.
Je ne sais pas ce que c'est, une route à suivre. Mais je suis sûr que la route, il n'y a que les pieds de celui qui marche qui la connaissent. Concrètement ! Alors m'arrêter, discuter avec les gars du marché qui brandissent leurs journaux, non.
Et je me sens vaguement, tristement, coupable. Parce qu'ils y croient, à ce qu'ils font, et que moi, je fais quoi.

De la bouche du métro arrivent des gens, par grappes. Des femmes avec leurs cabas encore vides et des gosses autour. Prêts à se mêler à la foule qui grossit devant les étals, joyeusement. Des jeunes aussi, en petites bandes, qui viennent chercher le tee-shirt ou la paire de baskets de marque, à bas prix, des filles, les yeux brillants, en route pour de nouvelles fringues, de nouvelles rencontres, des rigolades. Elles s'interpellent, parlent fort, sourient et éclatent de rire. Devant un stand de colifichets elles sont trois à essayer, avec un sérieux qui m'étonne, des boucles d'oreille. Je me rappelle Marcel et Lucile. Je prends dans la main un petit collier à 1 euro. 1 euro ! Fabriqué en Chine ! Comme de bien entendu…
Je revois un documentaire passé à la télé, la rage de Karima devant les petites ouvrières de là-bas, penchées sur leur travail, le nombre d'heures effrayant qu'elles font en une journée, les clapiers

où elles dorment avant de recommencer le lendemain. Et cette acceptation lisse de leur sort. Tout ça pour qu'ici ces jeunes filles pas riches non plus se donnent un peu d'illusion ! Le choix à 1 euro ! Tant de vies gâchées à des tâches inutiles ! Faut que ça consomme sur la planète… Et si ça consomme moins on crie à la crise et on se demande comment faire remonter le moral des ménages ! Comme si le moral n'allait pas remonter en flèche si on consommait moins, si on travaillait moins, si on vivait plus.

— Hein, m'sieur, que ça lui va, les vertes là, c'est comme ses yeux ?

La jeune fille qui essaie la paire de boucles d'oreille rougit devant mon regard attentif. Est-ce qu'elles accepteraient d'entendre le mauvais conte des jeunes filles chinoises à l'autre bout de la planète ?

— Vous savez comment c'est fabriqué, en Chine ?

— On s'en fout !

C'est celle qui m'a posé la question qui vient de hausser les épaules. Une autre la coupe :

— Tu parles pas comme ça ! qu'est-ce qu'il t'a fait ?

— Oh ça va, toi ! fais pas ta daronne ! on s'en fout d'la Chine et tout ça…

Je suis surpris par le ton si dur tout à coup. Je ne sais plus quoi dire.

— Allez, on bouge, on reste pas là.

Les autres l'entraînent, un peu gênées.

La jeune fille aux yeux verts détache d'un geste rapide les boucles de ses oreilles.

— De toute façon j'les aime pas.

Elles repartent, bras dessus, bras dessous. J'entends "relou"... et les rires qui reprennent, haut et fort, comme pour chasser mon intrusion triste dans leur monde de ce dimanche matin. Oui sans doute, je suis lourd, je me sens lourd. Partout.

Si elles savaient vraiment comment sont fabriqués ces boucles, ces bagues, ces colliers, elles les achèteraient quand même ?

Karima disait Si les gens les avaient sous le nez, ceux qui triment comme des esclaves, ils crieraient au scandale. Mais on ne les voit qu'à la télé. Tu sais l'étymologie du mot "télé" ? C'est loin. Ça veut dire LOIN. Eh bien c'est comme ça que ça passe. On est informé, c'est sûr mais c'est loin, alors... Merde. J'ai brusquement envie d'aller secouer la jeune fille qui s'en foutait pour lui poser la question. Et elle, plus tard, quel genre d'esclave elle deviendra dans cette société qui se prépare, elle s'en fout aussi ? Je serre les poings au fond de mes poches.

Les RTT forcées, personne n'en veut non plus. On n'est plus libre de rien. C'est pas LOIN, ça. Leurs pères, à ces filles, ils peuvent y tomber aussi demain.

A l'usine, l'idée de travailler moins, c'est le malheur, la peur de la misère. C'est ancré profond. Finir par tout accepter pour juste pouvoir travailler. C'est ça que je trouve fou. Travailler. Dans n'importe quelles

conditions. Elle est là, la misère. Pas dans le portefeuille à plat à la moitié du mois seulement.
Mais ça, à l'usine, je n'arrivais pas à le dire. Parce qu'il y a Frank et tous les autres qui ont des filles et des fils comme ceux que je vois ici et qu'ils sont prêts à s'user la peau et les os pour gagner l'argent de la survie et la "dignité du travailleur".

J'erre entre les stands en évitant de retomber sur les jeunes filles. Je reste entre les légumes et les fruits. Je regarde un vieil Arabe qui vend de la coriandre, un minuscule étal. Il doit la faire pousser sur son balcon de HLM ou dans un bout de jardin ouvrier prêté par un copain. ça redevient à la mode, les jardins ouvriers. Est-ce que le père de Karima ressemblait à cet homme ? Elle a toujours dit qu'elle n'avait rien à revendiquer à être de parents immigrés, que ça ne lui donnait aucun droit à rien. Elle disait Ils avaient un bon salaire, ils travaillaient tous les deux, et je n'ai jamais connu la misère. La moindre des choses, c'était que je réussisse à l'école. Est-ce qu'elle est chez sa mère aujourd'hui ? Je ne l'ai vue que de temps en temps, sa mère, une vieille dame qui vit bourgeoisement, qui fait de la peinture sur soie maintenant qu'elle est à la retraite. Un fils avocat, une fille prof. La réussite. Elle dit que leur père aurait été fier d'eux s'il avait vécu plus longtemps.

Je n'appellerai pas Loïc. Trop peur qu'il me parle de Karima au détour d'une phrase. Je ne veux ni de sa compassion ni de ses conseils. Il ne peut pas s'en empêcher. C'est de la déformation professionnelle, il faut toujours qu'il dise ce qu'il y aurait de mieux à faire en toute circonstance. Son côté prof.

Je mentirai. Je dirai que j'ai appelé, que je suis tombé sur le répondeur. Je mentirai. Je range le portable de ma mère dans ma poche.

— Allez on choisit ! tous mes bouquets à trois euros. Un bouquet, monsieur ? Un joli bouquet pour faire plaisir à madame ?

Je secoue la tête.

Non. Inutile. Je tourne le dos aux fleurs et à la fleuriste qui continue à vanter ses bouquets. Et puis, d'un coup, je reviens. La rage.

— Je prends ces deux-là.

Un bouquet jaune éclatant et un orange presque rouge.

— Vous me les mélangez, s'il vous plaît.

— Ah, ça va faire joli, ça ! c'est une bonne idée !

J'attends mon bouquet. Je conjure quelque chose.
Attendre un bouquet.
Marcher avec un bouquet à la main.
Depuis combien de temps je n'ai pas acheté de fleurs ? Mon père les fait pousser pour ma mère, c'est sacré, il n'y a que lui qui peut lui en offrir et Karima trouvait ça ringard. Elle préférait un livre ou un CD.

J'attends mon bouquet.

J'achète des fleurs aujourd'hui et je ne sais pas pour qui. Marcel lit bien des pages et des pages à une femme couchée sous la terre.
Moi j'achète un bouquet. Pour personne. Je m'en fous. J'achète un bouquet.

Les tiges sont fragiles dans ma main. Il suffirait d'un rien pour que je les écrase. Cette violence qu'il y a dans ma main quand je les prends ! J'ai tellement pris l'habitude de fermer les poings ?
Je suis obligé de faire un effort pour desserrer les doigts.

Je ne sais pas combien de temps je marche encore mais je m'éloigne du marché. Je marche. Mon bouquet à la main.

Je ne regarde pas les fleurs. Je sais qu'elles sont là, au bout de mon bras. Ça me suffit.

Si je connaissais le cimetière où est enterrée Lucile, j'irai les poser là-bas et je lui dirai que Marcel a eu de la chance. Il a su faire vivre de l'amour et de l'amour encore, chaque jour, même si elle était partie. Je dirai plein de choses qui me viendraient comme quand je parle à l'usine et que ça s'ouvre en moi. Pour Karima je n'ai jamais réussi. Tout est resté au fond de ma gorge, au fond de mon corps. Tous mes poèmes d'abruti.

Je suis arrivé près de l'autoroute. Sur les talus qui la bordent, des tentes en lambeaux, des piquets de bois, de fer rouillé, tordus par on ne sait quoi, des abris de fortune foutus par terre. C'est désert. Qui a habité là ? Des bouts de tôle éparpillés, une vieille

chaise renversée. Un campement. Si près des voitures qui filent, à toute allure.
Des hommes ont passé là des nuits blottis les uns contre les autres. Les phares des voitures, le roulement des camions sous les paupières, dans les corps engourdis. Comment ça peut être, les matins, quand on se réveille là ? Est-ce qu'il y avait des femmes ? Comment on fait tenir les jours et les nuits, à survivre là ?

Je retiens l'envie d'ouvrir les mains, de jeter le bouquet dans les restes de ceux qui ont cherché à habiter ici. Je retiens l'envie de prendre la chaise, de l'installer au milieu de la route, de m'asseoir, fermer les yeux, ne plus bouger.

Un camion passe avec fracas en contrebas. Son souffle me frôle. J'ouvre les yeux.

Soudain j'ai besoin de retrouver la chaleur, les voix qui s'interpellent, le brouhaha du marché. Je cours. Comme quand j'avais huit ans. Je cours.

Je vais droit au stand de Fatoumata et par-dessus la tête des clients, je lui tends le bouquet.

Au retour à la maison, j'ai dit à mes parents de ne pas s'occuper de moi. Pas faim. Et la sensation qu'il faut les laisser tous les deux. Ma mère brûle de raconter sa journée, toute joyeuse. Et mon père l'écoute, ravi, son verre d'apéritif en main. L'impression d'assister à une scène de vie heureuse qui ne me concerne pas. Je ne peux pas rester assis à hocher la tête de temps en temps quand elle va lancer ses "Hein, Antoine ?" avant de retourner à ses aventures de la journée. Impossible.

J'ai besoin de me retrouver seul et de trier.

Au fond de moi, il y a un amas confus, énorme, étouffant. Et ma vie tout en dessous. Il faut que je la sorte de là-dessous si je veux sauver quelque chose. La journée au marché m'a amené au pied d'une montagne et je n'ai qu'une pelle et un râteau de plage pour araser tout ça.

A l'étal de Marcel, j'ai trouvé un livre sur les mythes grecs. J'ai relu l'histoire d'Orphée et d'Eurydice.

Quand on regarde derrière, on perd ce qu'on est venu chercher. Tant pis. Je me sens les deux à la fois. Orphée et Eurydice. Je veux voir derrière et j'ai peur d'en crever.

Je me lève. Je croise le regard de mon père sur moi.
Depuis combien de temps m'observait-il ?
Il se lève aussi, prépare une assiette. Tiens, monte ça là-haut, au cas où t'aurais faim, tout à l'heure.
Je l'ai embrassé.
Je ne l'embrasse pas souvent mais avec ses deux mains occupées à tenir l'assiette, il a avancé la tête vers moi, simplement. Son front près de ma bouche. Je l'ai embrassé et j'ai senti à nouveau que les larmes pouvaient couler.

Je suis monté vite.

L'assiette refroidit sur le bureau. J'ai ouvert la fenêtre. J'ai besoin de voir la nuit. J'entends en bruit de fond le roulement de la quatre-voies, plus loin. Ça fait huit jours que je n'ai pas touché à ma moto. Je repasse le film de la journée. Il y a un épisode qui fait mal, qui me revient dans la tête tout le temps. Je sens quelque chose de fort qui vibre, là.

Après avoir donné les fleurs à Fatoumata, j'ai aidé Marcel à vendre ses bouquins tout l'après-midi. Avec lui, j'étais dans une sorte d'oasis. Ça me faisait du bien. On ne parlait pas beaucoup. Il n'est pas du genre à poser des questions et ça m'allait bien. Et puis à un moment il s'est levé.

Tiens, tant qu'il n'y a personne, je vais te montrer quelque chose…
Il est parti au camion, en est revenu avec une petite caisse en bois, façon vieille malle de voyage. Il la tenait bien serrée contre lui. Il a tapoté le bois patiné, moi j'ai pensé Bois des îles… et il a dit Maintenant tu vas voir.
Il a ouvert avec précaution. Ils étaient là, bien rangés, ses livres, chacun enveloppé de papier cristal, avec soin.
C'étaient ses éditions rares.
Celles qu'il ne sortait du camion que si un vrai connaisseur le lui demandait. Ce n'était pas rien, de me montrer son trésor. Je mesurais le geste. Mais je ne m'attendais pas à ce que cela allait déclencher chez moi.
D'abord l'admiration, une fois retirées les protections transparentes, devant les exemplaires magnifiques que j'avais sous les yeux. Puis cet étrange effet : poser mes doigts sur les reliures en veau patiné, les dorures à l'or fin.
Le sentiment d'avoir droit enfin, d'un coup, à ce qui est rare, à ce qui est beau.
Tout simplement.
De la main à la main, comme on dit.
Comme si brusquement on m'avait donné les clefs d'un de ces appartements qui me faisaient rêver quand j'errais dans les rues, la nuit ; ces appartements où les lumières sont si douces, que je contemplais quand je faisais l'étudiant. Comme si moi, d'un coup de baguette magique, je me retrouvais accoudé à une de ces

fenêtres aux linteaux sculptés et qu'il m'était donné de voir le monde de cet endroit-là, tranquillement.
Ça changeait tout.
J'étais bouleversé. De ces livres à moi quelque chose se communiquait. Un pouvoir. Etrange.
Celui de la rareté, de la beauté.

Cette nuit, dans cette chambre chez mes parents, je pense au prix des choses.
C'est quoi, la richesse ?
C'est ce sentiment de devenir précieux soi-même parce qu'on a le droit de toucher les choses précieuses ?
Je pense à l'argent.
Mais nous n'étions riches ni l'un ni l'autre, Marcel et moi, et pourtant les livres rares étaient bien là, dans nos mains. Ce n'est pas qu'une histoire de billets dans le portefeuille, cette richesse-là, et je sens que ça englobe toute ma vie. Tout. Il y a des liens.
Il faut que je comprenne.
Je suis devant l'écheveau. Embrouillé.

J'ai besoin de comprendre.
Devant la fenêtre, je me demande.
D'où m'est venu le goût pour les pierres, les frontons, les détails des façades ? Pourquoi est-ce que je ne me suis pas donné le droit de les étudier vraiment ? Pourquoi n'ai-je même pas osé évoquer le désir de ces études-là ? Pourquoi n'ai-je pu assouvir mon désir de beauté que la nuit, seul, dans les rues, comme un voleur ?

Pourquoi suis-je allé travailler à l'usine ?

Marcel ne s'est pas posé tant de questions, lui. Il est heureux. Il va direct à ce qui le rend heureux. La beauté. La rareté, ça ne lui fait pas peur.
Je ne sais pas de quelles générations il vient. Ouvriers ? Paysans ?
Aucun écart entre lui et ces livres rares. Tout simple. Il l'a pris, le droit au beau, au précieux. Comment ? Qui l'a aidé ?
Je l'envie. Je voudrais qu'il me dise comment il a fait. Moi, est-ce que des générations d'ouvriers m'ont fait baisser la tête ? Au nom de quoi ?

Cet après-midi, je n'arrivais pas à me laisser porter par la joie de côtoyer la beauté, là, dans mes mains. J'étais bouffé par la rage de ne pas en jouir complètement. La rage de ne pas oser.

Cette rage, elle est toujours là.
Elle a toujours été là.
L'air frais me rentre dans la poitrine. J'enlève mon pull. J'ai envie de sentir le froid directement sur ma peau. Je regarde mes mains et je les revois, posées sur le corps de Karima.
C'était pareil.
Quatre ans avec Karima.
Quatre ans à la célébrer dans le silence.
Quatre ans avec le poème de son corps qui montait en moi.
Hanches

Poignets
Cheveux
Hanches
Paupières
Orteils
Omoplates
Hanches
Reins
Fesses
Aucun adjectif possible. Chaque mot tout seul.
Grave. Pour nommer.
Et impossible de les articuler.
Les mots comme les livres rares.

Marcel me racontait qu'il avait des clients qui venaient de loin pour voir certains exemplaires, que dans sa partie il s'était fait sa place.
"Tu comprends, à un moment il faut se spécialiser sinon les connaisseurs ne te font pas confiance. Moi c'est les livres de voyage. Avec illustrations. Et, en fait, ça me fait toucher à l'histoire, à la politique, à la géopolitique comme ils disent. Forcément si tu t'intéresses à un pays, tu t'intéresses aux gens qui y vivent et tu as envie de savoir comment ils s'y prennent, eux, pour vivre. Alors à côté de mes livres de voyage, je lis plein de trucs. Je ne vois pas le temps passer. J'apprends. Tu vois, je voyage. Finalement je voyage, j'arrête pas."

J'écoutais ses mots tout simples.

En même temps, avec les livres dans mes mains, comme le paon qui arrête de faire la roue dès qu'il redécouvre ses pauvres pattes grisâtres, je me sentais un imposteur.

Le mot ne m'a plus quitté.
Il est là.
Ouvert dans la nuit.
Imposteur.
Je n'ai pas les mains qui vont avec les choses.
J'ai eu beau toute ma vie essayer. Rien à faire. Il y a quelque chose qui "ne colle pas" entre moi et le monde, moi et ce que je vis. Et je ne sais pas ce que c'est.
Je suis à côté. Toujours à côté.
J'ai cherché à poser mes mains là où mon père avait posé les siennes. A l'usine. Parce que l'usine j'y avais droit. Pas de problème. C'était dans l'ordre des choses. Mais ça ne marche pas comme ça.
Il n'y a pas écrit Père et Fils dans la paume de nos mains.

Je me suis perdu. Là où je croyais qu'il suffisait de suivre une trace. Que peut-être il y avait même une forme de noblesse à le faire. Comme si c'était un choix.
Je me suis perdu et Karima n'y pouvait rien. Elle m'a fait tenir plus longtemps, c'est tout.
Cette nuit, je commence juste à comprendre. Et ça fait mal.

Je suis revenu au point de départ.
L'envie de fuir, elle est là, dans mes jambes, à nouveau. Comme à huit ans.
L'envie de fuir elle était là aussi, dans mes jambes, à l'usine. Mais je suis resté. J'ai cherché du sens à ce travail. Je me suis dit qu'il allait me donner racine. Pas seulement de quoi vivre jusqu'au mois suivant. Une joie du travail bien fait. Comme celle de mon père. Celle des autres. Peut-être pas une joie vraiment mais au moins une satisfaction. C'est ça. Karima m'avait appris l'étymologie du mot. Elle aimait l'étymologie. *Satis* en latin, ça veut dire "assez". Voilà. J'ai cherché moi aussi à vivre ce qui était assez, suffisant pour faire une vie quotidienne.
Mais ça n'a pas marché. Qu'est-ce qui me manquait ?

L'usine est fermée pour quinze jours.
Je regarde les toits des maisons. En sautant de toit en toit, je pourrai y arriver. Comme un chat ou comme un ogre avec des bottes de sept lieues. Hop hop !

Et si je mettais le feu ?
L'envie que tout brûle.
Les ateliers, les traces de vie de tous ces gars. L'envie de regarder se consumer le labeur ouvrier. Je l'ai bien vu, que ça ne sert à rien, le labeur ouvrier. Pas de joie au bout. Même pas la satisfaction !
Si je faisais ce que personne n'ose faire.
Ni les dirigeants ni les ouvriers.

Rayer d'un coup ce qui ne sert plus à rien. Mort. Je revois mon père occupé à pincer les roses fanées. Et voilà.
Ça fera la une des journaux télévisés pendant trois jours. Le temps pour Lucas de dire ce qu'il a à dire dans un micro, à sa façon bien tranchée, calme. Le temps pour les gars de croire qu'on s'intéresse à eux en vrai. Le temps pour moi de croire que j'ai au moins servi à quelque chose.

Je pense à ceux qui brûlent les voitures. Joie bien trop modeste pour moi cette nuit. Il me faut un feu bien plus vaste.

Je ne tourne pas rond.
C'est dans mon corps.
C'est dans tout mon être.

Elle est là ma rage depuis que je suis tout petit, dans le pavillon de mes parents. Les degrés de l'échelle sociale à grimper laborieusement, je n'en ai rien à foutre. C'est ce qui se passe entre mon corps et le monde qui m'occupe. Depuis toujours. C'est ça qui ne va pas.
Un décalage.
Quelque chose en moi se lève à nouveau. Une vague immense. La phrase de l'enfance : c'est pas juste. Non, c'est pas juste.
C'est ma vie qui n'est pas juste.
Avec Karima j'ai osé et quand on faisait l'amour, le décalage, je ne le sentais plus. Mon poème qui

montait, elle aurait dû l'entendre, avec sa peau. Elle n'a rien entendu. Rien. Elle a attendu des paroles. L'idée que peut-être en ce moment même elle parle à un autre homme dans la nuit, l'idée qu'elle est nue pour un autre homme me rend fou !
Je n'en peux plus.

Orphée s'est fait déchirer par les Erynies et Eurydice est restée aux Enfers. Fin du mythe.

Je ferme la fenêtre. J'enfile mon pull, mon blouson.

Je descends doucement comme quand j'étais petit. Ne réveiller personne. J'ouvre la porte. Je marche dans le jardin jusqu'au fond. Près de la moto, le matériel de jardinage de mon père. Je prends le sécateur dans ma main. Ma main à la place de la sienne. Je le repose.
Je pousse lentement la moto jusqu'à la petite porte du fond. Je la pousserai encore un peu dans la rue pour la démarrer plus loin. Je jette un œil sur la fenêtre de mes parents, entrebâillée comme d'habitude.
Dehors c'est encore la pleine nuit.
Je les imagine tous les deux endormis. Cette image d'eux, je veux l'emporter avec moi. C'est mon talisman.

Maintenant il faut que je roule. Vite.
Je double les rares voitures que je rencontre.
J'ai besoin d'avoir la route pour moi tout seul devant.

Il faut que la vitesse m'enveloppe. Que je la sente me prendre tout entier. Qu'elle avale ma rage.
Plus de sensation.
Juste la vibration.
Je ne suis plus rien.
Plus de résistance.
Que de l'air et des os.
Je vibre.
Je hurle comme un sauvage.
Je crache tout l'air que j'ai encore dedans et l'amour avec.
Je crache le nom de Karima.
Je voudrais voler en éclats.

Brûler l'usine, c'est comme brûler l'école. J'en ai eu aussi envie quand j'étais petit.
Brûler ce qui m'assigne à une place. Pas juste.
La fac, pas besoin, il suffisait de ne pas y aller. Un lieu qui ne me "tenait" pas.
A l'école, à l'usine, je ne suis pas le seul à être "tenu". Comment ils font, les autres ?
Il faut apprendre et il faut manger.
Alors l'école, alors l'usine.
Et finalement quel que soit le "travail", c'est quelque part toujours la même chose. Faut y aller. Faut faire. Faut rentrer chez soi. Et recommencer.
Les revendications salariales, syndicales, c'est juste pour rendre les choses un peu plus humaines, mais est-ce que c'est humain d'être enfermé pour un môme toute la sainte journée et pour un homme, est-ce que c'est humain ? et répéter les mêmes

gestes de plus en plus vite, de mieux en mieux ? C'est ça, vivre ?
Je sais, on ne va pas refaire le monde
Mais putain moi je n'y arrive pas.
Comment il a fait, mon père ? Dans quoi s'est-il perdu pour continuer ?
Et Loïc et Karima qui triment pour que les mômes aient du plaisir à apprendre… pour quoi faire après ? Il a raison, Frank, quand il dit qu'on voit bien qu'il n'y a plus d'exemple à donner parce que nos vies sont traitées comme rien. J'ai envie de gueuler Mais ouvrez-leur les yeux, aux gosses, bon Dieu, tant qu'ils ont encore envie d'horizon, apprenez-leur plutôt à se révolter, à chercher leur place dans le monde, pas à prendre juste celle qu'on leur attribue à la louche, allez hop, toi ici, toi là !

Le monde que je vis aujourd'hui n'est pas le monde. Le vrai monde, c'est celui que je pressentais quand j'étais petit et il était immense. C'est le monde que j'ai dans les mains quand je roule à moto, quand je caressais le corps de Karima, quand je touche les livres rares, quand mes mains au fond de mes poches rêvent et que j'ai les yeux levés vers le ciel ou vers une fenêtre éclairée. Il est là, le monde. Je le sais. Je l'ai toujours su. Et tout le reste, c'est pour faire comme les autres. Pour pas avoir l'air trop fou. Pour faire l'homme qui gagne sa croûte et qui n'emmerde personne. Du vent, oui. Du vent. Du mauvais vent. Celui qui te retient au port toute ta putain de vie et qui se lève le jour où t'es trop vieux pour monter la voile. Merde.

Gladiateur.

On peut quand même faire mieux, non ?
Qu'est-ce que je peux faire, mon Dieu, qu'est-ce que je peux faire ?

Une voiture devant moi roule normalement. Moi pas. La vitesse limite, je l'ai dépassée depuis un moment. Je fonce. La voiture se colle sur la droite pour me laisser passer. J'ai juste le temps de capter un profil. C'est une femme. Visage aigu. Pas d'âge. Sa main sur le volant, à peine posée, qui pianote. Je vais trop vite. Même pas la couleur de ses cheveux. Juste la certitude que c'est une femme. J'étire une jambe sur le côté. Habitude. C'est comme ça que les motards disent merci pour le passage. Et je file. Mais j'ai dans la tête cette femme qui roule, pas trop vite, seule, en pleine nuit, avec de la musique. Elle m'accompagne.

Je quitte la grande route et je prends maintenant les petites rues. Ce chemin je le connais trop. Par cœur.

Et j'arrive.

L'usine est là. Lourde, massive, fermée.
Je ne l'ai jamais vue la nuit.
Je m'arrête pile devant.

J'enlève mon casque.
Gladiateur.
Je ne me rappelle plus la phrase qu'ils lançaient à l'empereur avant d'entrer se faire massacrer dans l'arène ou vaincre et respirer un jour de plus.

Je revois une image : un petit garçon effaré et une lourde porte de bois moyenâgeuse qu'on referme derrière lui. Il est dehors. Seul. C'était dans un film japonais qu'on a vu avec Karima. Cette image au tout début du film m'avait frappé au point que je n'ai rien suivi de la suite.
L'image est là.

C'est moi qui suis dehors.
Hors de tout.
Hors.

Je descends de la moto. Je la pose sur sa béquille.
Je l'amarre à la grille, ferme le double cadenas.
Je range mon casque, mes gants.

Il y a des éclairages pâles un peu partout entre les bâtiments mais aucune lumière franche qui permettrait de délimiter les allées, les quartiers. On dirait que tous les bâtiments ne forment plus qu'une seule masse. L'usine. Tout d'un coup j'entends le mot autrement, LUSINE. Dans un livre de contes qu'on nous avait offert quand on était petits il y avait l'histoire d'une femme qui se changeait en arbre. Elle s'appelait Mélusine. C'est drôle. En sept ans où

je suis rentré ici tous les matins, je n'y avais jamais pensé. A quoi je pensais tous les matins ? Et les autres, qu'est-ce qu'ils avaient dans la tête quand ils franchissaient la grille, bien ouverte à deux battants si bien qu'on ne la voie pas, qu'on l'oublie ? Ici aussi il y a eu un sortilège qui a arrêté la vie. C'est encore un mauvais conte.
Je m'agrippe comme je peux pour grimper par-dessus la grille d'enceinte. J'ai les mains engourdies, les doigts raides de froid après la chaleur des gros gants. J'ai peur tout d'un coup qu'un projecteur m'épingle, collé comme un insecte ; qu'une sirène se mette à hurler. Comme dans les films. Mais rien. Silence total. Et s'ils t'avaient tout simplement abandonnée, Lusine ? Si, au retour des RTT forcées il n'y avait plus rien que ton ventre vide, tes bras ouverts, et que tes ouvriers te découvrent, nue, eux hagards, marchant d'une de tes salles désertes à une autre. Il y en a à qui c'est arrivé.
Les bâtiments qui redeviennent des lieux. Des terrains vagues pour que les gosses partent à l'aventure. Ou des friches à la mode. Culture. Expos où des gens qui n'auraient jamais posé un pied ici pour bosser se retrouvent devant des spectacles intéressants et regardent l'architecture, les poutrelles, le fer, ils ont le temps eux, pour ça, ils ont les yeux, comme moi je regardais les beaux immeubles anciens… et la boucle sera bouclée.
Non, pas possible de t'abandonner comme ça, Lusine. On ne joue pas avec les actionnaires. On anticipe. On négocie.

Je reprends souffle, je me laisse tomber de l'autre côté. Première infraction : j'ai pénétré dans ton enceinte.
Je marche entre tes bâtiments. Je vais où je ne vais jamais d'habitude. Il faut que je t'explore. Je regarde par les vitres des ateliers. Tes machines sont là. Tout est là.

La nuit les choses ont une autre densité.
Je m'y retrouve.
Comme si mon corps avait besoin de l'obscurité pour prendre son vrai poids sur terre.
Je marche doucement, sans faire de bruit. Entre toi et moi, Lusine, un pacte. Je suis venu pour te détruire, est-ce que tu sens ça ?
Même pas de chiens pour te garder. On te soigne mal.

Je contourne tes ateliers.
Sur les rails, un wagon avec une énorme bobine, comme un insecte sur le dos. Ici on reçoit tout de Dunkerque. Nous, on ne fait que laminer après.
Il y a un gars qui collectionne les photos anciennes des locomotives, des wagons. Rien que le matériel ferroviaire pour la sidérurgie. Il avait fait une exposition. Il y avait eu un pot après. On était peu nombreux autour des photos. Je m'étais perdu à regarder les visages des gars qui conduisaient les machines dans le temps. Fiers. C'est ça qui m'avait frappé le plus. Ils avaient l'air fier. Pas nous.
C'était un soir où entre Lucas et moi la conversation avait viré au fraternel. On était partis sur l'histoire de

la sidérurgie. Il en connaissait un rayon. Je m'étais étonné. “Faut maîtriser l'outil de travail… Plus t'es ignorant plus tu te fais avoir, mon vieux…” mais je voyais bien que derrière toutes ces phrases bien pragmatiques, il y avait autre chose, la passion du mec qui a tout appris tout seul. Il y en a, des autodidactes, dans les ateliers, des gars qui sidèrent quand ils sont sur leur sujet, leur passion. Ils sont intarissables. Un pan éclairé de leur vie d'un coup et tu te rends compte que tu passais à côté d'eux sans même imaginer qu'ils pouvaient s'intéresser à tout ça. Leur culture à eux.
Lucas, c'était l'histoire ouvrière. “T'aurais dû faire prof” j'ai dit. “J'aurais aimé” il a répondu. On n'est pas allés plus loin. Je n'ai pas demandé pourquoi il s'était retrouvé à défendre les ouvriers plutôt que devant des élèves. Ses yeux m'ont quitté pour regarder ailleurs, par la vitre de l'atelier. On a fini nos verres et on est partis.
C'est comme ça à l'usine, on ne s'épanche pas.
Aujourd'hui je voudrais prendre le temps de lui raconter que moi aussi c'est autre chose que j'aurais voulu faire de ma vie, quelque chose que je sentais quand j'avais le corps de Karima sous les doigts, que j'ai senti à nouveau, à vif, avec les livres rares. Quelque chose de vaste qui m'emporte. Pas venir ici tous les matins et faire comme si. Le temps de lui demander pourquoi il n'a pas été prof, lui. S'occuper du syndicat, c'était ce qu'il avait trouvé de plus approchant ? Vouloir du mieux dans la vie des gens ? Vouloir qu'ils aient droit à.

Mais c'est du vent, on le voit bien aujourd'hui. Du vent. Des os à ronger pour mieux tenir les chiens. Où elle est, la vraie vie ?

Je voudrais prendre le temps de demander à tous ceux que j'ai vus ici "C'était quoi votre rêve quand vous étiez môme ?" Juste pour savoir. Pour entendre de belles choses. Parce que je suis sûr que des rêves, ils en avaient. Il n'y a pas que moi, bon Dieu. C'est pas parce qu'on fait tous les jours des gestes simples, toujours les mêmes, que dans la tête il ne se passe pas des choses complexes. Les rêves c'est complexe. Ça vous envoie là où vous ne devriez jamais mettre les pieds. Les ouvriers, on a tort de croire qu'ils ne rêvent que du dernier écran de télé ou du barbecue sur la terrasse du pavillon. J'ai côtoyé ici des gens qui avaient des rêves de fou, ils n'en parlaient pas, c'est tout. J'en suis sûr.
Toi, Lusine tu sais tout ça et tu ne dis rien. Tu les avales le matin, tranquille, et tu les recraches doucement sur le trottoir le soir. On ouvre tes grilles bien avant qu'ils arrivent. On les referme bien après leur départ. Mais moi, tes grilles, je les ai vues, même si elles sont discrètes. Les grilles, je les vois toujours, où qu'elles soient.
Cette nuit, je les ai escaladées.

Il y en a qui disent que les murs gardent les empreintes de ce qui y a été vécu. Alors toi, Lusine, tu dois avoir une sacrée galerie de rêves en empreinte dans tes murs. Et puis aussi une sacrée

galerie d'angoisses et de peurs du lendemain… Et toute la colère, toute la rage de ceux qui sont là, pris au piège de chaque jour, qu'est-ce que tu en as fait, hein ?
Je passe ma main sur le mur de briques et puis, brusquement, j'envoie un grand coup de pied dans la porte, là, devant moi.
Ça fait un bruit sourd.
J'ai le cœur qui cogne. Fort. J'écoute.

Peur que quelqu'un débarque Holà qu'est-ce que vous faites ici, vous ? comme quand j'étais môme.

C'est le jappement d'un chien qui me fait me retourner.
Il y en a un, de môme, un vrai, qui est là, juste derrière moi, avec un chien près de lui. Pas un de ces rottweilers ou je ne sais quoi de sale chien d'attaque, non, un petit bâtard sympa avec une tache sur l'œil.
— C'est à toi, la bécane, devant ?
Je suis interloqué par son ton tout à fait naturel. Et sa petite voix de rien du tout. C'est la pleine nuit quand même et on est dans un lieu interdit au public ! Je m'entends répondre :
— Ouais.
— Eh ben t'es dingue de la laisser comme ça, tu vas t'la faire tirer.
La voix du gosse a quelque chose d'étonnant, peut-être parce qu'il articule trop bien. Il a l'air d'avoir dix, douze ans peut-être.
— Et toi qu'est-ce que tu fais là en pleine nuit ?
Il ne répond pas à ma question. Il en pose une autre.

— Pourquoi tu files des coups de pied dans les portes ? Tu vas nous faire repérer.
— Mais qui t'es, toi ? J'entends ma voix, brutale. Il n'a pas l'air de s'en inquiéter.
— Je balade mon chien. C'est lui qui t'a trouvé.
— Mais d'où tu sors ?
Il hausse les épaules.
— De mon lit comme tout le monde, c'est la nuit. C'est quoi, ce gosse ?
Je m'approche. Il ne recule pas. Il a un aplomb qui me stupéfie. Le chien vient me renifler le bas du pantalon. Il remue la queue.
— Il t'aime bien, mon chien, sinon il aurait grogné. Moi je me fie à mon chien. Lui et moi, les gens, on les flaire. Qu'est-ce que t'es venu faire ici avec ta moto ? Il y a rien à voler. C'est bien trop lourd. Avec une moto tu peux rien embarquer.
— Je ne suis pas venu voler.
— Ah bon… T'as une cigarette ?
— Non. Mais j'ai du feu.

Tout d'un coup je me dis que si j'avais mis le feu j'aurais cramé le môme, avec son chien. Rien que l'idée me secoue salement.

— Bon ben salut. Allez le chien, viens, laisse-le.
Le chien m'a flairé et il reste près de moi. Le gosse laisse tomber. Il est pot de colle quand il aime les gens.
— Mais attends, dis-moi, tes parents, ils s'inquiètent pas ? Comment tu fais pour sortir comme ça, en pleine nuit ?

Il hausse les épaules à nouveau.
— Mes parents, ils n'entendent pas et ils ne parlent pas. Il touche ses oreilles, sa bouche. Ils sont sourds et muets.
— Quoi ?
— Sourds-muets, je te dis. Voilà.
— Et toi…
— Eh bien moi, non. Je sais, ça fait toujours drôle mais c'est comme ça. Des sourds-muets peuvent avoir un enfant qui ne l'est pas… c'est plutôt cool. Depuis que je suis tout petit, ils laissent la radio allumée pour que j'entende des voix dans la maison… Ils ne se rendent compte de rien quand je sors et je suis toujours revenu avant qu'ils se lèvent.
— Mais c'est dangereux de te balader comme ça, tout seul.
Il réagit vivement.
— Je ne suis pas tout seul. Il y a le chien avec moi. Il sent tout avant et s'il grogne je me cache.
— Tu fais ça souvent ?
— Non. Seulement quand j'en ai marre de ne pas dormir. Ça n'arrive pas qu'aux adultes, tu sais. Moi, quand ça m'arrive, je sors.
— Comment t'es rentré ici ?
Il rit.
— Plus facilement que toi. Regarde. Il y a un trou dans le grillage. Je passe par là. J'aime bien ici la nuit. J'aime encore mieux quand j'ai une cigarette. T'es sûr que t'en as pas ?
— Sûr. Tu t'appelles comment ?
— Elias. Mes parents, c'est des fous de la Bible !

Il fait un geste comme pour les excuser.
— C'est un prénom biblique.
— Ah.
— Et toi ?
Je mens, je ne sais pas pourquoi mais je mens. Je m'appelle Eric. Pour ne pas rester sur le mensonge j'enchaîne Et ton chien, il s'appelle comment ?
— Le chien ? Il s'appelle Lechien. Il s'en fout des noms, je crois.

Je me rends compte que je ne sais plus quoi dire. Ce gosse est tellement…
— Allez, Lechien, il faut qu'on rentre. Salut… Eric.
Il a laissé un temps de silence avant le prénom. Juste ce qu'il faut pour me montrer qu'il n'est pas dupe. Il repart. Sans bruit. Le chien se retourne vers moi encore un peu puis il prend le pas de son maître et ils se glissent tous les deux par le trou du grillage.

Je me retrouve seul, dans un état étrange. J'ai l'impression que rien n'est réel.

Je sors mon briquet. Je l'allume. Je regarde la petite flamme. Je laisse retomber mon pouce. La flamme s'éteint.
Je jette le briquet de toutes mes forces, loin.

Je ne crois pas aux signes et à tous les trucs qu'on enfile sur le mot destin, mais cette nuit, je me demande quand même qui me l'a envoyé, ce drôle de gosse.

J’ai besoin de réescalader la grille pour repartir.
Sorti comme entré.
Un rituel.
Je me retourne.
Lusine est là, inchangée.
Je me jure que je n’y remettrai plus jamais les pieds.

Un son délicat comme un gong juste effleuré, le signal rouge s'éteint. On peut défaire sa ceinture. Je n'ai jamais fait de longs vols en avion. C'est une première fois. Et c'est bien moi, là, dans l'avion.

Des premières fois, j'en veux. Encore et encore.

Il m'en aura fallu, du temps et de l'errance, pour le savoir.

Des journées entières à moto à rouler sans savoir où j'allais. Lusine derrière moi. Comme un fou. Comme un halluciné.
Mon seul impératif : me déplacer.
Derrière moi, je laissais mes mains vides, Karima, et tout ce qui me faisait les épaules basses. Tout était lié. Je le sentais. Même si je ne trouvais pas encore les points où ça s'articulait. Un bloc : l'histoire du travail et celle de ma vie avec Karima, l'une soutenant l'autre.
Illusion illusion et illusion.
Un sacré bloc que j'avais besoin de voir se réduire dans le rétroviseur.

Besoin de laisser des pensées nouvelles arriver, me traverser, disparaître. Me retrouver la tête vide pour laisser une chance à l'évidence.
Attendre que ça s'éclaire. Vraiment.
J'ai toujours compris les errants. Les yeux captent une chose du paysage, une autre, une autre encore. Tout est nouveau. Toujours.
On se refait.
Et on se dit que pour les pensées, les désirs, ça pourrait être pareil. Dans le fond c'est ce que j'ai toujours fait. La thérapie du déplacement, à pied ou à moto. Ma façon d'espérer à moi.
Peut-être que les gens qui lisent font la même chose, comme tous ceux à qui j'ai vendu des bouquins ce fameux après-midi de marché. A un moment Marcel m'avait lancé "Eh bien t'as le temps de lire maintenant, profite, prends ce que tu veux !"
Mais non, je ne pouvais pas. Je revoyais le visage de Karima, ses boucles sombres, son regard rivé aux pages. L'envie de caresser ses paupières du bout des doigts quand elle lisait. Entrer par le bout de mes doigts dans ses voyages à elle. Sous ses paupières.
Je n'avais emporté aucun des livres qui étaient là, sur l'étal. Je m'étais contenté de les vendre. Marcel n'avait pas insisté.

Tout en roulant cette fameuse nuit, en mettant des kilomètres et des kilomètres entre moi et Lusine, je revoyais défiler des titres, des couvertures. J'avais dû bien regarder les visages des gens parce qu'ils me

revenaient. Ils visitaient ma nuit, ma première nuit loin de tout. Des souriants, des sérieux, des vieux, des jeunes. Une vieille dame très précautionneuse qui n'avait pris que des romans d'amour, les yeux baissés. Leurs mains qui se tendaient. Je me rappelle qu'en roulant je m'étais demandé lesquelles de ces mains seraient à l'aise en touchant une édition rare. Ensuite je m'étais mis à penser à toutes ces heures qui allaient s'écouler dans des maisons où les uns et les autres liraient, calés dans des fauteuils ou au lit, ou dans le métro, assis ou debout le livre ouvert dans une main et l'autre se tenant ici ou là, pour assurer l'équilibre du corps sans avoir à lever les yeux des pages. Pendant que moi je roulais, je roulais sans m'arrêter. Et je me rendais compte que je les avais observés ceux qui lisent, qui oublient tout du monde autour d'eux. Et pas seulement au marché ce jour-là. Cela faisait des années que je les observais. Et je ne le savais pas.
C'est ça que permet la moto. On se rend mieux compte de plein de petites choses qui nous habitent, en douce, depuis longtemps. Le fait d'être seul, un corps immobile que la moto déplace, tendu et en alerte. C'est intense, ça ouvre la tête en même temps, surtout la nuit.

Par le hublot de l'avion, je regarde le ciel. Depuis que je suis tout petit, j'ai toujours voulu saisir le moment exact où l'obscurité arrive, et les étoiles. Je me demande si d'un avion c'est plus facile.

Je repense à toutes ces nuits où mes pieds m'ont baladé seul, dans des rues, à me perdre dans le creux des pierres. Le mot "imposte" me revient. L'imposte, c'est la partie au-dessus de la porte qui supporte tout l'arc.
Imposte. Imposteur. C'est drôle comme les mots sont proches.
L'imposte, elle tient tout, dans la pierre. L'imposteur, il essaie de tenir, par l'illusion.
Moi j'ai continué ma route entre ces deux mots.

Je me suis arrêté, moto cadenassée, dans des hôtels ou dans des cafeterias d'autoroute quand l'épuisement me fermait les paupières. De drôles de réveils, de drôles de rencontres.

Les images reviennent alors que j'essaie de trouver une place moins inconfortable pour mes jambes repliées, trop longues dans le peu de place alloué par l'avion. Besoin de les étirer, comme à moto après trop de kilomètres.
Le vol est long. Presque douze heures. Je suis vraiment parti.
J'ai enlevé mes chaussures, j'ai lu ça sur un prospectus. Il paraît que c'est mieux.
Dès que je ferme les yeux j'ai les fulgurances de tous ces jours derniers qui reviennent. Elles font partie de ma vie maintenant. C'est drôle de se dire qu'on a ajouté un épisode dans sa vie. Sans projet, sans réflexion, sans plan.

Et je revois : un arbre au milieu d'un champ, tout seul, qui m'a fait m'arrêter longtemps, comme s'il avait une réponse pour moi ; une femme qui me crie que je ne sais pas ce que je veux et qui claque la porte d'une chambre d'hôtel, je ne me rappelle plus son regard, mais sa voix oui, son dos, et ses cheveux si courts, noirs ; je revois aussi, très précisément, des vagues qui ont l'air de se casser contre le bout d'une jetée mais qui glissent, la contournent pour l'attaquer de côté, féroces, sans relâche. Mon jean trempé et ma joie à les attendre, sans reculer d'un pas.
Le fil entre tous ces moments, je ne l'ai pas. Je ne le cherche pas.
J'ai vécu instant par instant, c'est tout.
C'était ce qu'il me fallait.
Finis les horaires. Fini le temps des horloges.

J'incline le fauteuil. Je suis content d'être près du hublot, je scrute mais on ne voit qu'un blanc cotonneux, on est dans une masse de nuages.

J'étais parti pour détruire. Lusine, moi. Tout.
A vouloir en finir avec le temps, on peut mourir. Tout simplement.
J'aurais pu. Maintenant je le sais.

Mais je suis ici, dans l'avion, bien vivant.

A côté de moi, le coude tout près du mien, il y a celui à qui je le dois. Je retiens l'envie de le serrer dans mes bras. Oui c'est lui qui m'a donné mon viatique. Je tourne la tête. Je croise son regard bleu. Il dit A mon âge, pour un premier vol, je ne fais pas dans la demi-mesure, hein ?

Sourire. Il est ému, bien autant que moi, j'en suis sûr. Depuis le décollage il ne bouge pas. Comme s'il devait se faire oublier. De moi, des cieux.

Il m'avait dit Les voyages, soit tu les fais très jeune, soit carrément vieux… pour moi eh bien c'est le deuxième cas. Entre les deux tu crois à tout un tas de trucs qu'il faut faire dans une vie… mais au bout du compte, tu te dis un jour que ce n'est pas si important que ça… et tu pars. Tu vois, moi, je me suis tenu à un coin de terre longtemps avec Lucile, mais Lucile, elle est partout, elle n'est pas restée là, dans ce petit enclos de rien du tout. C'était juste un enclos pour mes larmes, faut croire. Maintenant, je n'en ai plus besoin. J'ai du sourire à revendre. Et si je pleure, ce sera en plein air, n'importe où, qu'est-ce que ça peut faire, hein ?

Il a une façon de relever la tête, Marcel, quand il dit ces mots ! La révolte n'a pas d'âge, non, et l'homme qui est à côté de moi, il a vraiment osé s'insurger contre tout ce qui dit qu'à son âge il vaut mieux rester confortablement dans ce qu'on connaît. On ne va pas se mettre à courir le monde à presque quatre-vingts ans ! Eh bien si, on peut ! et il le fait, avec moi !

Sans lui, je ne sais pas où je serais.

Au bout de mon errance, rien n'avait plus d'importance. J'avais jeté mon portable, loin, dans la mer. Que les vagues l'emportent ! Je n'avais plus rien à répondre aux gens qui m'appelaient. Rien que des mensonges.
Je mentais en disant que ça me faisait du bien de changer d'air, que je réfléchissais à ma vie, à un nouveau boulot. Je mentais. Quelque chose avait lâché dans ma tête. Je ne savais pas où j'en étais de ma vie. Je savais juste qu'il y avait des choses qui étaient finies. Complètement finies.
J'étais entré dans un espace vidé de tout. Alors je mentais pour combler le vide parce que le vide, ça me faisait peur aussi. Je mentais même au vent en hurlant que je n'en avais plus rien à foutre de rien. Marre de faire l'imposteur.

J'avais fini par me caler dans un hôtel de bord de mer et je m'étais laissé aller. Une sorte de léthargie. Je ne bougeais plus de la chambre que pour aller marcher sur la plage. Je ne prenais plus la moto. Elle était garée sous un préau à côté de la vieille Ami 6 de la patronne, une voiture d'une autre époque. Tout était décalé dans cet endroit et ça m'allait. Je faisais le dos rond. J'attendais que ça passe. Je ne savais pas quoi. Ma moto me faisait peur. Je sentais trop qu'elle m'appelait. L'instinct de survie c'était ça : ne plus la toucher.

La femme qui tenait l'hôtel, une vieille femme aux cheveux gris fer serré dans une résille, à l'espagnole,

avait fini par me servir sans rien me demander, tous les soirs, un alcool du coin qu'un de ses copains fabriquait, à base de pommes et de denrées qu'il gardait secrètes. Elle s'appelait Luisa. L'Espagne, elle m'avait dit le premier soir et puis plus rien d'autre sur elle après. Rien. J'appréciais. Parce qu'elle ne me demandait rien non plus. Je l'imaginais veuve, pas vieille fille, on sentait trop que le corps avait connu l'ardeur, ramassée dans les gestes, le vif du regard. On buvait notre verre et puis je sortais encore marcher et marcher au bord de la mer. Jusqu'à épuisement des pieds et des neurones. Elle me laissait la clef.
Elle sifflotait en faisant les chambres, tranquillement, en faisant la cuisine aussi. Je l'entends encore. Elle m'accompagne.
Quand je suis parti, elle m'a juste dit Peut-être, hein ? tu reviendras me voir un jour... tu verras, ça ira mieux... et puis elle m'a passé la main dans les cheveux, comme le fait une mère à son fils. J'ai osé la prendre dans mes bras et j'ai dit Oui, peut-être.

L'hôtesse passe proposer des boissons. Je prends un café. Marcel aussi. Je ferme les yeux. Je revois Luisa... Oui, peut-être... Je laisse le goût et la chaleur du café m'envahir. Ma façon d'être ici. Au présent.

J'ai promis à Eric, le fils des voisins, une carte dès mon arrivée. Je le ferai. Il ne sait pas à quel point il aura été important lui aussi. Lui qui m'avait demandé ce que je ferais quand je serais grand, eh bien je pars, voilà ce que je fais.

Je pars loin, très loin.
Il m'a rappelé à la grille, avant que j'embarque dans la voiture de Marcel Tu reviendras, hein ? Tu me raconteras. Je t'attends. J'ai passé ma main dans sa tignasse, comme l'avait fait Luisa, et j'ai promis Je reviendrai, Eric, et je te raconterai. J'ai pensé à Elias, le drôle de môme, et à son chien Lechien. Ces deux gosses-là, ils comptent dans ma vie maintenant. Mes petits Poucet.

Pour le départ, Marcel avait briqué sa vieille Volkswagen rouge. Il avait décidé qu'on prendrait sa voiture et qu'il conduirait lui-même jusqu'à l'aéroport. Il avait été péremptoire sur le fait qu'il voulait conduire lui-même.
"Je ne veux pas être assis à côté du chauffeur. Je veux conduire, ne pas penser à ce que je laisse derrière moi. Je veux fermer la porte de ma maison et savoir que je pars, mon garçon. C'est ça, le début d'un voyage, ta porte que tu fermes derrière toi et tu laisses tout. J'ai appris que c'était ça, un vrai départ, depuis le temps que je voyage avec mes bouquins. Je ne veux pas rater celui-là, tu comprends. J'en ai rêvé, tu sais. On prendra ton père au passage et c'est lui qui ramènera la voiture."
On a fait comme il avait dit.
Et on est partis.

C'était la suite logique de notre aventure. Je ne lui ai pas demandé si c'était la première fois qu'il allait à l'aéroport, j'en étais sûr. Il avait bien repéré le

trajet, tracé minutieusement en bleu sur une carte du Grand Paris flambant neuf qu'il m'avait tendue. C'était touchant.
Sur le trottoir, devant la maison, avant de s'engouffrer dans la voiture, mon père m'a serré dans ses bras. Les grandes effusions, ce n'est pas son style. Je me suis senti tout petit contre lui. Il a sorti quelque chose de sa poche.
Emporte-le puisque tu le voulais. Ta mère m'en a parlé.
J'ai tendu la main et je me suis arrêté, comme la nuit où j'avais voulu le voler dans la poche de sa veste quand j'avais huit ans. Son fameux petit carnet noir. Mais prends-le donc, qu'est-ce que tu veux que j'en fasse maintenant ? Et puis il a murmuré Là-bas ils en auront peut-être besoin.
Je lui ai souri et j'ai laissé ma main sur la sienne juste assez pour qu'il comprenne que je savais ce que cela signifiait pour lui de me le confier.
Cette fois je pouvais le prendre, le carnet. Il était vraiment pour moi.
Ma mère nous regardait de la fenêtre de la maison. Elle ne venait pas à l'aéroport. Pour rien au monde elle n'aurait voulu qu'on la voie pleurer. Elle m'a fait promettre aussi de donner des nouvelles régulièrement là-bas. Je le ferai.

Qu'est-ce que Jean de Monlevade avait dû promettre aux siens avant de s'embarquer ? Lui qui partait pour le Brésil au milieu du XIXe siècle !

Lui qui m'a secoué à travers le temps.

C'était ça, la trouvaille de Marcel.
L'électrochoc dans mon état léthargique.

Je me rappelle.
J'étais dans une cabine bruyante, près d'un centre commercial. Je donnais régulièrement à ma mère de fausses nouvelles sur mon état. Le plus brièvement possible. Pour faire l'imposteur le moins possible. Je mentais de moins en moins facilement mais je mentais. Pour faire l'imposte le plus longtemps possible. Tenir quelque chose pour que tout ne s'écroule pas. Pour ne pas les laisser s'inquiéter. Pour avoir la conscience moins trouble vis-à-vis d'eux. Cette fois-là, ma mère ne lâchait pas le morceau. Elle voulait une adresse. Sa voix avait eu une insistance que je ne lui connaissais pas.
Marcel a quelque chose à t'envoyer et c'est important… et j'ai l'air de quoi, moi, ta mère, à même pas avoir l'adresse de mon propre fils à donner !
Là, c'était la honte, j'ai compris. J'ai livré le nom de l'hôtel de Luisa. Deux jours après, j'ai reçu un petit paquet de Marcel, envoyé en colis urgent.

Il faut croire que c'était le bon moment. Mon vide à moi, il était sidéral.
C'est Luisa qui m'a monté le courrier, dans ma chambre, précieusement.

J'ai décidé de l'ouvrir sur la plage. Marcel, quel drôle d'oiseau. J'y pensais de temps en temps. Qu'est-ce qu'il avait trouvé à m'envoyer ?

Je m'étais mis à l'abri dans les dunes. La mer était basse. On voyait une sorte de muret gris-vert à l'horizon, c'était les vagues de la marée montante qui avançaient peu à peu, toutes ramassées. Mes yeux allaient du muret de vagues à l'enveloppe posée sur mes genoux.

Je l'ai décachetée, j'ai trouvé un livre.

D'abord j'ai été arrêté par la couverture. Dans un médaillon rond, un portrait. Le profil d'un homme jeune, longs favoris, uniforme à épaulettes bordées de franges et haut col, plastron boutonné. Pour les couleurs il fallait imaginer, la photographie était grisée, à part le liseré rouge entourant le plastron de l'homme aux favoris.

Je lui ai donné d'emblée des yeux bleus, comme ceux de Marcel. Et j'ai lu, écrit en rond autour du portrait.

"Jean de Monlevade. Pionnier de la sidérurgie brésilienne".

Première claque.

Monlevade. Le nom qui nous avait occupé la bouche et la tête, à Lusine, le nom qui nous avait ballottés de l'abattement à la colère, depuis des mois.

Jean de Monlevade.

Je découvrais.

Alors ce n'était pas un nom brésilien, non, comme on le croyait tous, bêtement. C'était un nom bien français.

Je revoyais les yeux pétillants de Marcel et son air mystérieux dès que j'avais prononcé le nom de Monlevade. Il ne l'avait pas retrouvé, son bouquin, dans son capharnaüm de camion l'après-midi du marché. Mais il répétait Si c'est pas l'ironie de l'histoire, ça, mon petit, tu verras ! De la petite histoire hein ! La petite. Avec un petit *h*. La grande, on la laisse à ces messieurs de l'université ! Il faut que je te le retrouve, ce sacré bouquin, bon Dieu !
Il avait donc fini par le retrouver. Il n'avait pas oublié.
J'avais le livre entre les mains.
Et Lusine qui me revenait en pleine gueule.

La farce, elle était là. La mondialisation qui tourne au terroir. Monlevade !

Jean de Monlevade, petite noblesse du Centre de la France.
Un jeune polytechnicien qui part créer le premier des hauts fourneaux au Brésil, en plein XIXe siècle, parce qu'en France ce n'est pas possible. Et qui devient le père de la sidérurgie brésilienne ! Incroyable !

Son nom donné à la ville de Monlevade par les Brésiliens reconnaissants. La voilà, l'ironie du sort. La boucle est bouclée. C'est dans cette ville que le groupe qui nous emploie choisit d'investir à fond ! Et nous, en France, à l'autre bout, on est là, comme des cons !

Jean de Monlevade. Tu ne savais pas ce que tu faisais, à presque deux cents ans de distance, à ceux

dont tu côtoyais les ancêtres ! Comment aurais-tu pu deviner ?
C'est fou, cette histoire. Et pourtant c'est bien ça, la réalité. C'est ce gars qui part, dont j'avais le portrait sous les yeux. Ce gars qui vit une aventure folle.

Je lisais.

De temps en temps je levais les yeux et je voyais la progression de la marée. Le muret de vagues approchait. J'aimais être surpris chaque fois par son avancée. Et je retournais au livre. Je ne sais pas pourquoi mais je sentais que ça devait marcher ensemble, ma lecture et la marée montante.

J'ai scruté les dessins du château de son enfance.

Qu'est-ce qui dans ces pierres, sous ce porche, de ces hautes fenêtres pouvait lui donner le goût de partir ?

J'ai cherché un signe.

Il fallait que je comprenne le désir de cet homme-là, d'un autre siècle, qui quitte le confort d'une vie bien tranquille, agréable, de son plein gré.
Pas poussé par des actionnaires avides de bénéfices toujours plus gros.
Pas rejeté par une femme, non.

Un homme qui part de sa volonté propre.

Deuxième claque. Aussi forte que les vagues contre la jetée, plus loin.

C'était ça que j'attendais.

Marcel. Vieux sorcier.

Le vent s'était levé avec la marée montante. Il balançait des grains de sable entre les pages du livre et ça crissait. J'aimais ça aussi. Le livre devenait une partie vivante de mon histoire à moi.
J'ai dévoré ce bouquin, j'ai cherché dans la vie de Monlevade un détail, quelque chose qui me donne une clef à moi. Moi, à l'autre bout de l'histoire, aujourd'hui. Moi, en RTT forcées d'abord ! Et puis en plus rien du tout maintenant. Les quinze jours étaient passés. Je n'avais pas repris le boulot.

Ma seule amarre désormais, c'était ce Monlevade. Je m'accrochais.

Moi qui m'étais retrouvé dans une usine, à laminer l'acier.
A être laminé. Comme les autres.
Et lui qui avait inventé les procédés.
Entre lui et moi, un lien. Forcément.

Je lisais. Au fur et à mesure des pages, je ne pouvais pas m'empêcher d'admirer son audace. Il était parti, en 1817, tout seul, créer là-bas ce à quoi il croyait. Le premier des hauts fourneaux. Petit noble de province. Polytechnicien pas destiné à l'aventure, non, mais qui avait eu le culot de partir, sans regret. La France ne pouvait pas accueillir son projet, qu'à cela ne tienne, il allait où c'était possible ! Et si c'était loin, il était partant quand même.

J'essayais de l'imaginer entre les lignes. L'historien qui racontait sa vie à partir de lettres, de documents, de photographies, parlait de son amitié pour un jeune noble brésilien venu finir ses études à Polytechnique en même temps que lui.

C'était suffisant pour lui donner le goût de partir ? Je les imaginais, les deux étudiants, des vrais eux, pas des imposteurs comme moi. Des passionnés. Sûrement que Monlevade était déjà différent des autres. Mes yeux se posaient sur la mer. J'imaginais. Dans ma tête les visions venaient toutes seules, amenées par les mots du livre. Monlevade ne cherchait pas les mêmes divertissements que ses camarades. Il venait de sa province, de ce vieux château que j'avais sous les yeux. Il cherchait tout naturellement la compagnie de celui qui venait d'ailleurs aussi. Les exilés, les différents, se reniflent toujours de loin. L'autre devait avoir un accent chantant mais un français parfait, je l'imaginais, aussi, forcément beau, altier.
Et ils se parlaient.
J'entendais leurs voix dans ma tête. Mêlées aux vagues maintenant proches. Son ami lui décrivait tout, les couleurs, les odeurs, les femmes. Ils parlaient forcément des femmes, à leur âge.

Et peu à peu l'envie du Brésil, de ce paradis merveilleux, s'inoculait dans les veines de Monlevade.

Il avait besoin de rêver, Jean de Monlevade, lui aussi. Le château, la carrière prévisible, ne lui suffisaient pas.
Les époques ne changent rien.
Il était comme moi.
Il avait besoin d'autre chose.
Lui non plus ne trouvait pas sa place dans la vie telle que.

Le livre disait aussi qu'enfant, il avait eu aussi entre les mains des planches de la faune et de la flore illustrées par un explorateur natif de sa région, revenant du Brésil. C'est ça que son ami devait réveiller, avec ses récits.
Il rallumait les rêves d'un gosse de huit ans.
Est-ce qu'un jour Jean de Monlevade avait couru lui aussi dans les allées du parc autour du château, entre les arbres, sous une pluie folle, sans rien savoir d'autre que la nécessité de courir, loin ?
Est-ce qu'il avait cherché à se sauver ?

Lui, c'était mon troisième Poucet. Celui qui avait jeté le petit caillou blanc le plus loin.
Et moi, aujourd'hui, dans cet avion qui vole vers le Brésil, je le suis. Comme son unique frère.

Il est allé jusqu'au bout. Il a fait souche, comme l'écrit l'historien, au Brésil. Faire souche. Quelle expression ! Il ouvre l'arbre généalogique, oui. Il le fait éclater. Ça devient un bel arbre de là-bas, au feuillage fou, d'un vert dense. Luxuriant. Il épouse

Clara de Souza à vingt-six ans et c'est parti. Une autre musique entre les feuilles de l'arbre. La musique de prénoms chantants qui viennent bousculer les vieux noms français. J'imaginais. Tout le monde essayant de le retenir. Il fallait se marier, faire souche ici, construire un bel avenir en France, dans sa province, tranquille.
Il a tout quitté. Il est parti.

Comme Marcel.
Comme moi.

J'avais quitté le petit hôtel de bord de mer le jour même où j'avais reçu le paquet.
Sur la plage, le livre à la main, j'avais attendu que la mer soit montée complètement. La poitrine élargie par la marée haute, je m'étais levé. Je ne sais pas combien de temps j'étais resté debout, devant les vagues, avec le désir de partir qui venait, que je laissais m'envahir.
Oh, que c'était bon, un désir ! après tous ces jours où rien, rien, ne me faisait plus frémir.
Partir, partir vraiment, en le décidant. Tout mon corps n'attendait que ça. C'était fort. C'était évident.

Et tout naturellement c'était chez Marcel qu'il fallait préparer ce départ. Je savais qu'il m'aiderait. Chez lui je me sentirais libre. Je ne retournerais pas dans la maison de mes parents. C'était fini.

Cette fois la moto ne me faisait plus peur. Je roulais vite, mais je me sentais à nouveau vigilant, dans la tête, dans le corps.

Je m'étais installé chez Marcel. Il m'avait accueilli à bras ouverts, l'expression n'est pas de trop. Il m'avait vraiment pris dans ses bras, à la grille de son jardin et j'avais été ému par ce geste ample, sans retenue. Moi, je lui faisais confiance comme jamais je n'avais fait confiance à quelqu'un. Cette accolade, c'était notre pacte. Et je ne m'étais pas trompé. Avec lui, la route était juste. J'ai entamé une autre partie de ma vie.

Je garais la moto dans son petit jardin et je dormais sur le divan de velours vert du salon.
Toute sa maison était meublée avec les meubles qu'il chinait de-ci, de-là. C'était une maison aussi étonnante que lui, avec des pièces petites, tarabiscotées, ouvrant sur un couloir qui serpentait d'un bout à l'autre de la bâtisse. On avait toujours l'impression de découvrir un espace ou un autre ; une terrasse qui semblait oubliée derrière la maison mais où poussait un rosier ancien soigné avec attention ; une petite pièce avec juste une table de bois et un fauteuil mais au mur, un tableau qui n'apparaissait que si l'on fermait la porte, si l'on s'installait vraiment dans le fauteuil devant les bruns et les rouges foncés, sourds, de la toile. Un jour, Marcel m'avait surpris, installé là. Ah, je suis heureux que

tu l'aimes aussi, tu vois le peintre, Alexandre Hollan, ne l'appelle pas "Nature morte" il l'appelle "Vie silencieuse" et il a bien raison n'est-ce-pas ? J'aime bien m'installer ici quelquefois et juste la contempler, c'est ma façon de me vider de tout, de réfléchir tranquillement. Quand je sors d'ici je sais toujours ce que je dois faire ou pas. Etonnant, hein, la puissance d'un tableau.

J'avais acquiescé. J'apprenais à le connaître. A travers sa maison.

Mais ce qui la faisait vraiment sienne c'est qu'elle était envahie de livres. De sa chambre au grenier. Même dans la cuisine où on passait le plus clair de notre temps, des piles de livres voisinaient avec les épices sur le buffet, sur les chaises, partout.

Les livres, chez lui, c'était une présence tranquille, pas comme chez Karima où les étagères bien rangées me narguaient. Chez Marcel, on aurait dit que les livres attendaient avec nonchalance qu'on les ouvre. Ils étaient là, disponibles, sans exigence. En même temps, par leur présence, ils me disaient que j'avais encore des milliers de choses à découvrir. Ça ne me bousculait pas. Ça me convenait.

L'impression que rien n'était fini, que quelque chose pouvait s'allumer et brûler haut et fort. En moi. C'était dans les livres, dans les pages. Ça m'attendait.

Et j'ai lu. J'ai passé des journées entières à lire. Je piochais ce qui me tombait sous la main et ce que Marcel me préparait, au pied du canapé. Petites piles précieuses qui m'attendaient. Le soir, après dîner,

on buvait paisiblement un peu de l'alcool que Luisa m'avait glissé dans la sacoche de la moto, on disait A Luisa ! on buvait et on discutait. C'est fou tout ce que Marcel m'a appris pendant ces soirées. Il m'a parlé de l'histoire ouvrière comme jamais je n'en avais entendu parler. Il avait lu les utopistes. Il m'a parlé longuement de Godin, du familistère de Guise. Il m'a montré des photos… "Alors, entre le paternalisme qu'on lui a reproché, lui qui avait donné, tu entends bien ? DONNÉ son usine à ses ouvriers en coopérative, et le capitalisme sauvage d'aujourd'hui, qu'est-ce qu'on peut préférer, hein ?" Il laissait en suspens ses pensées, comme si rien, jamais, n'était définitif. Et ça me convenait aussi. J'avais la sensation de penser vraiment, pas juste de chercher la bonne étiquette à coller dessus pour s'en débarrasser, de la pensée. Je me sentais à l'aise. Il m'a mis en mains aussi ses plus beaux exemplaires, des raretés. Il cherchait avec enthousiasme tout ce qu'il pouvait me trouver sur le Brésil.
Pour lui aussi l'aventure tombait à pic, je le sentais. Ses yeux bleus rayonnaient.

Je repense à tous ces jours. Je n'arrive pas à m'endormir, malgré la fatigue accumulée.
Marcel, à côté de moi, a fermé les yeux. Je ne sais pas s'il dort.

J'ai dans la tête un Brésil imaginaire. J'ai le Brésil des planches d'un voyageur du XIXe siècle… et des images glanées de-ci, de-là. Je me répète des phrases en brésilien apprises avec une méthode rapide. Mes parents étaient contents de me voir enfin occupé. Mon équipée à moto les avait mis mal en point. Je m'en étais voulu quand j'avais mesuré à quel point ça les avait ramenés à l'époque de la fac, de mes nuits dans les rues, des examens abandonnés. Une inquiétude qui leur avait creusé les joues. Je n'en étais pas fier. Avec Marcel, ils étaient tranquilles. Peut-être même étaient-ils soulagés de ne plus avoir chez eux ce fils qu'ils aimaient sans le comprendre.

Mais quand j'ai annoncé que je voulais partir à Monlevade, ma mère a pris un air catastrophé.

Mon Dieu, qu'est-ce que tu vas aller faire là-bas, Antoine ?

Je ne sais pas. J'y vais, c'est tout.

Mais comment tu vas vivre ? Avec quel argent ?

J'ai pris ma décision, m'man. Ils veulent qu'on se tire, à l'usine. Les départs volontaires, ça les arrange. Très bien. Je prends la prime que ces messieurs-dames veulent bien nous offrir, comme un os aux chiens et je vais les voir, moi, ceux qui font le même travail que nous pour moins cher. Je veux les rencontrer.

A quoi ça sert, Antoine ? a-t-elle demandé d'une petite voix. Ils essaient de s'en sortir, eux aussi...

Mais je ne pars pas régler des comptes, m'man, c'est pas contre eux que j'ai de la colère ! Je veux les rencontrer, les connaître, c'est tout.

Elle répétait Je comprends pas, je comprends pas...

C'est mon père qui a clos la conversation.

Et pourquoi pas, après tout ? Va savoir ce qu'ils ont dans le ventre, là-bas ! Si ça se trouve, il y a quelque chose à faire…

Mon pauvre Louis, tu y crois encore, toi, à *L'Internationale*, dans ce monde de "mondialisation" ?

Mon père a bougonné Je crois à ce que je crois, c'est tout. Et qu'Antoine aille y voir, après tout, c'est pas si mal.

J'étais heureux qu'il dise ça, tout simplement.

Ce que je n'arrivais pas à avouer, c'est à quel point l'épopée de Jean de Monlevade me faisait vibrer et que c'était ses traces à lui que j'allais chercher aussi là-bas. Jean de Monlevade, ils n'auraient pas compris.

Ils se sont tus. Lucas avait déjà dû leur dire ses inquiétudes sur mes idées révolutionnaires. Mon départ calmait tout. A la fin je n'avais plus envie que d'une chose : passer à l'action. La vraie. J'étais devenu insensiblement celui qui faisait peur aux autres, là-bas, à Lusine. Qui les avait enflammés juste assez pour qu'ils se sentent vivre mais pas assez pour qu'ils le prennent vraiment au sérieux.

Oui, j'avais proposé la prise d'otages à un moment. Je les aurais bien enfermés, tous les dirigeants, une bonne fois, juste pour qu'ils sentent ce que c'était : ne pas savoir de quoi demain sera fait. Pour qu'ils aient peur eux aussi, comme tout le monde, pour que leurs femmes et leurs enfants se fassent du souci. Qu'ils apprennent ça : l'argent ne protège pas de tout. La peur du lendemain elle existe pour tout le monde. Qu'ils sentent ce que c'est, l'incertitude qui empêche de respirer à fond, le nez contre le temps, si près qu'on ne sait plus si demain ce n'est pas déjà aujourd'hui ! Moi c'est ça que je proposais comme action. Mais ça faisait peur. Ça touchait à quelque chose qui ne pouvait pas s'écrire sur un tract en phrases bien argumentées, comme les revendications de salaire, d'emploi.

Ça touchait à la rage, à la violence de la bête qui a peur de crever sans avoir vécu. Ça, c'est en chacun de nous, ouvrier ou patron, et ça, c'est de l'effroi. C'est encore sacré.

Décalé toujours, je proposais de toucher à des tabous : “Et si on brûlait tout ?”

Lucas me regardait de travers. “Tu cherches quoi, là ?”

Les syndicats gardaient “leurs troupes” comme on dit à la télé. Ils ne voulaient pas que ça vire à la révolution. Surtout pas. On fait grève. On résiste mais pas de violence. La peur de la révolution. Ils répétaient On a vu où ça a mené, Mai 68. On a bien été obligés de reprendre le boulot. Et l'image de la France à l'étranger, hein…

J'avais les épaules basses rien que d'écouter tout ça.

On ne voulait pas laisser la violence brute apparaître, celle qui est là, brûlante, au fond de chacun de nous, bien rangée sous les couettes et des décennies de réveil à l'heure.

Ravaler la fureur.

Toute leur vie mes parents avaient ignoré ça.

Et encore, ils ne savaient pas que je m'étais approché aussi de quelques groupes de gars décidés à en découdre, l'ultragauche. Leur côté risque-tout m'avait attiré. J'avais assisté à des réunions, la nuit, dans une ancienne fabrique promise à la démolition. Ah, l'atmosphère de mystère ! J'avais l'impression qu'on jouait aux gendarmes et aux voleurs. Ils savaient que si la police leur mettait la main dessus, on pourrait les coffrer et les laisser pourrir en prison, plus ou moins longtemps, selon que les médias s'en emparent ou pas. J'aimais la part de risque qu'ils étaient prêts à prendre mais c'est dans leurs discours que je ne me retrouvais pas. Ils parlaient eux aussi avec des phrases toutes faites qui assénaient des vérités. Ils étaient sûrs de chaque mot.

Moi j'avais besoin de gens qui cherchent, pas de ceux qui ont l'air d'avoir déjà tout trouvé. Les phrases bien rodées me faisaient tourner les talons. Je ne pouvais pas plus faire groupe avec eux qu'avec les syndicalistes de Lusine. Rien à faire. Je me sentais seul.

Peut-être que Monlevade se sentait seul lui aussi.

Dis, petit, t'as vu ? On peut suivre le trajet sur l'écran là, au-dessus, on sait tout : à quelle altitude on vole, où on est, tout. C'est fou ça quand même…

Je souris à Marcel. Il n'y a que lui qui me donne le sentiment qu'on peut être accompagné et libre. C'est rare. Sa présence est légère. Un vieux chat qui sent tout du bout de ses moustaches.

Oui nous sommes haut dans le ciel. Je n'ai pas volé en éclats la nuit où je suis parti comme un fou. Je me suis envolé, c'est tout.

Il pose sa main sur mon bras. Quand même, mon garçon, ça me fait tout drôle d'être là-haut, tu sais. Mais je suis content, tu ne peux pas savoir comme je suis content.

Moi aussi, je suis content. Je souris à Marcel et je fais mine de lever un verre.

Il a refermé les yeux.

J'essaie de m'intéresser au paysage du ciel mais rien à faire, ça bouillonne dans ma tête.

Tout ce temps avant le départ, je n'ai pas essayé de revoir Karima. Plus de pont. Tout seul avec les fantômes d'abord, à moto, les jours et les nuits d'errance. Avec Marcel ensuite et les livres dans sa maison. Avec Jean de Monlevade.

J'ai revu Lucas au café habituel, sans les autres de Lusine. J'y tenais avant de partir.

Non, je ne fuis pas la lutte. J'ai besoin de chercher comment me battre autrement. A ma façon. Revendiquer, c'est pas mon truc, Lucas, tu le sais, j'ai besoin d'autre chose. ça ne veut pas dire que je lutte pas.

Tu t'occupes trop de toi-même mon vieux, on voit bien que t'as pas de bouches à nourrir.

Les bouches elles ne sont pas faites que pour bouffer, Lucas.

Ah ça, c'est sûr ! toi, quand tu l'ouvres, c'est pas rien !

On s'est regardés. J'ai cru qu'on allait repartir dans quelque chose de dur, comme si souvent les derniers temps.

… Ecoute, Antoine, j'ai pas envie qu'on s'engueule. Tu pars. C'est bien pour toi. C'est tout. Qu'est-ce que tu veux que je te dise ? Chacun ses choix. Nous ici, on n'a pas le choix, il faut se battre. Sur place. Pas question qu'ils ferment une ligne de plus. On va se battre.

Comment te dire que je me bats, moi aussi ! c'est une autre forme de lutte.

J'ai baissé la tête. J'ai ramassé tous les mots que je n'avais jamais dits à Lusine.

J'ai besoin d'autre chose, Lucas. Et je suis sûr que les autres aussi, ils ont besoin d'autre chose. On ne vit pas qu'en se battant pour un peu plus de fric à la fin du mois, merde. Le pain, ça ne suffit pas pour vivre !

Oui mais quand il te manque, le fric à la fin du mois, pour le pain et pour tout, tu vis pas du tout, tu le sais, ça ? Et ta lutte pour "autre chose", on peut

pas y aller parce qu'il y a la lutte pour la bouffe du lendemain et ça te prend toute la tête, mon vieux, toute la tête !
Il s'était passé la main sur la gorge, lentement, un geste que je ne l'avais jamais vu faire.

Ils sont pas cons, les camarades, Antoine, il a continué, la voix basse, en se penchant vers moi. Il avait un visage pensif et je sentais qu'il cherchait ses mots. Y en a peut-être plus que tu ne crois qui voudraient faire comme toi mais ils ont une famille à nourrir et ça bloque.

Ça bloque ?

Il a ajouté lentement Si t'avais eu des mômes avec Karima, tu serais parti ?

Là, ça a fait mal. J'ai accusé le coup.

Excuse-moi, Antoine, je cherche pas à t'emmerder mais tu vois, c'est pour que tu comprennes… chacun sa vie.

Chacun sa vie, oui.

Je savais tout ce qu'il m'avait redit là. Je savais. Je l'avais vu, dans les yeux des autres, tout ça. Mais ma route, j'y tenais. C'était la mienne et j'étais sûr qu'elle rejoignait celle des autres, au bout. Je ne savais pas encore comment, c'est tout.

Pourquoi la vie des uns ne pourrait-elle pas éclairer celle des autres ? Sinon c'est quoi une société. Je veux que la vie des ouvriers brésiliens éclaire quelque chose pour moi. C'est quoi le travail pour eux ? Je veux apprendre ça. Je veux aussi que la vie de Jean de Monlevade éclaire quelque chose pour moi. C'est quoi, oser ? C'est quoi, partir ? Tout quitter ?

Alors je le fais. Avec les moyens du bord. La prime d'un groupe qui s'est bien gavé avec mon travail comme avec celui des copains. Je ne déserte pas. Je vais chercher quelque chose. Leur prime, c'est prise de guerre.

C'est tellement *peanuts*, ce qu'ils nous filent ! la voix de Lucas retrouvait ses accents militants. Ils se foutent de nous. Une misère comparée aux bénéfices qu'ils se sont mis dans les poches !

T'as raison. Mais c'est avec cette misère que je pars, Lucas. Et j'ai envie d'aller loin, tu comprends ?

Pourquoi ce besoin de me justifier, de revoir Lucas ?

De toute façon, t'as jamais été vraiment…

Vraiment quoi ? J'avais senti la colère m'envahir à nouveau.

Te fous pas en boule ! ce que j'veux dire c'est que le jour où je t'ai proposé de venir à l'usine, tu vois, je pensais que tu resterais quelques mois, un an peut-être à tout casser… pas plus. Pour le coup tu vois… ça m'a étonné que tu restes.

Je laissais Lucas continuer. J'étais tendu mais j'attendais quelque chose dans ses paroles qui m'éclaire aussi.

T'as jamais été vraiment là, Antoine. T'étais pas à ta place. Sauf quand tu gueulais, à la fin. Tes prises de parole, ça c'est vrai, c'était pas rien.

Dans sa bouche, c'était devenu, là, quasiment un compliment. Il a fini sa bière. Je te laisse mon adresse internet au syndicat. Tu peux me joindre si tu veux…

Je n'ai rien dit. Je savais que je ne le ferais pas.

Mais on s'est serré la main. Vraiment.

Marcel me pousse du coude. Il me montre l'écran. On est maintenant au-dessus de la mer. Je repense aux vagues.

J'ai dans tout le corps l'envie soudaine de nager, d'être porté par l'eau et l'envie d'être embrassé. L'envie d'une peau contre la mienne, d'une odeur bien vivante. J'ai envie de faire l'amour comme à quinze ans. Une envie intense et pas de visage ni de nom en face. L'envie pour l'envie.

Je souris à Marcel.

J'ai bien cru qu'on n'arriverait jamais à Monlevade. On était en début d'après-midi quand on s'est posés à l'aéroport de Belo Horizonte. Il faisait chaud. Ici, c'était bientôt l'été. Le monde avait tourné. On avait beau s'y être préparés, ça faisait tout drôle.

La route depuis l'aéroport était creusée d'ornières. La Senhora Malhiava, patronne de la pousada qui allait nous accueillir pendant notre séjour à Monlevade, avait envoyé sa nièce nous chercher à l'aéroport. C'est Marcel qui avait tout organisé. Il ne voulait pas qu'on soit perdus à l'arrivée.

Quelle surprise quand on a vu nos noms sur le carton que brandissait la fille ! On l'aurait crue tout droit sortie d'un film des années 1950 : tailleur chic, jupe droite, chaussures à talons aiguilles, petit sac de cuir verni au bras, cheveux roulés en chignon. Une Audrey Hepburn qui se serait trompée de casting. En couleurs à décoller la rétine ! Orange vif, le tailleur et les escarpins aussi roses que le sac. Elle tenait sa pancarte bien haut au-dessus de sa tête, d'une seule main, avec élégance mais elle avait le regard anxieux de ceux qui attendent sur

tous les quais de gare ou d'aéroport. Son soulagement nous a valu un large sourire quand elle nous a vus arriver vers elle. "Une fois j'ai raté une dame ! quel désordre avec ma tante !" Elle parlait un français presque sans accent, la façon inattendue dont elle avait employé le mot "désordre", c'était aussi dépaysant que sa tenue.
Elle conduisait la voiture en experte, se faufilait entre les ornières. La voiture jouait des hanches mais c'était au détriment de tout code de la route. Heureusement on ne croisait pas grand monde, sauf des bus de temps en temps mais elle n'hésitait pas à coller le fossé et tout le monde passait. Avec le sourire. Inutile d'essayer de se parler, on ne s'entendait pas. Le moteur rugissait par moments et je me disais que la bagnole allait nous planter là, au milieu de rien mais non, ça toussait, ça crachotait et ça roulait quand même.

C'était étrange de se retrouver assis à l'arrière d'une voiture inconnue, sur une route inconnue, dans un pays inconnu.
C'était ce que j'avais voulu.
De toutes mes forces.
De l'inconnu et que ça me fasse vibrer ! Pour vibrer, avec les chaos, je vibrais. Je me suis mis à rire tout seul. J'étais content même si j'étais abruti par le voyage en avion et les cahots.
Je me suis laissé couler à l'intérieur de mon corps. J'ai fermé les yeux et j'ai laissé les chocs de la route me balancer sans essayer de contrer le mouvement. Une danse comme une autre après tout.

Au bout d'un moment, j'ai imaginé au roulis les mouvements de volant de la fille. J'avais l'impression qu'elle conduisait une moto.
Sur le parking de l'aéroport, elle avait en vitesse changé ses escarpins pour des baskets avant de prendre le volant. Elle aurait étudié la gestuelle des vieux films en noir et blanc pour se pencher, se déchausser que cela ne m'aurait pas étonné. On s'était jeté un coup d'œil complice avec Marcel. Quelle arrivée ! Maintenant il était assis devant, à côté d'elle. Il ne disait rien. Je n'avais pas besoin de le voir pour deviner son regard, et son sourire ravi. Rien ne devait lui échapper de la conductrice ni du paysage qui défilait tant bien que mal, au rythme des cahots.

Est-ce qu'il pensait à Lucile, est-ce qu'il lui adressait ses toutes premières impressions en terre étrangère ?

Thaïs, c'était son nom, nous avait juste demandé si nous étions en vacances puis elle s'était concentrée sur la conduite.

Silencieux tous les trois.

Je me suis demandé quelle sorte de tableau nous formions. Les *Franceses*, le jeune et le vieux, et elle au volant.

J'avais fermé les yeux. Dans une sorte de demi-sommeil, tout mon corps était soudain rappelé vers Karima. Je n'ai pas pu m'empêcher de l'imaginer, secouée par les cahots contre moi. Tous les deux à l'arrière de la voiture. Découvrant tout. Une autre vie.

Le klaxon d'un bus m'a remisé dans ma peau solitaire.
Je m'en suis voulu de m'être fait du mal tout seul, comme un con, avec mes rêves.
Notre conductrice et le chauffeur du bus échangeaient par les vitres ouvertes une brève conversation pleine d'allant. Dans sa langue, la fille était tout autre, son côté années 1950 disparaissait d'un coup. C'est étrange comme une langue vous transforme. Je me suis embarqué sur l'inconnu des sons. Je l'ai imaginée en jean, sur une plage. Avec de grands signes de la main ils se sont dit au revoir.

Un ami, nous a-t-elle lancé. Il habite près de chez nous à Monlevade.

Je m'accrochais à sa voix. A ici. Pas question de repartir en terrain miné. Je n'étais pas venu jusqu'ici pour ruminer mes malheurs. J'avais décidé que Karima c'était du passé. Visiblement, dans ma tête, ça pouvait marcher. Mon corps lui rêvait quand même. J'ai lutté contre ce que j'avais décidé d'appeler ma “mélancolie imbécile”.

La Senhora Malhiava nous attendait à l'arrivée. Elle dirigeait les opérations avec autorité. Un jeune gars a pris nos bagages. Il avait tout l'air d'être un fils ou un neveu. Un air de famille. Thaïs nous a salués gentiment et elle a filé reprendre le volant. La Senhora nous a fait faire le tour de la pousada pendant que le garçon installait nos affaires dans nos chambres. Marcel avait tenu à ce qu'on soit très bien logés. Pour l'argent, on s'était arrangés. Il payait ce qu'il

appelait “la part du luxe”, puisque, disait-il, “c’est moi qui t’impose mon choix et de toute façon, Antoine, je ne veux pas mourir la tête sur un oreiller bourré de pièces d’or ! l’argent c’est fait pour vivre, non ?” J’avais accepté l’arrangement, vu l’étroitesse de mon pécule.
J’avais l’impression d’entrer dans un album de photos de vacances. La pousada était blanche, avec un jardin qui m’a paru magnifique, luxuriant, plein de petits recoins ombreux. J’ai pensé à mon père et à ses roses. Ici, il serait aux anges.
La Senhora se débrouillait dans un mélange d’anglais, de français et de portugais qui ne nous laissait pas le temps de répondre. On souriait en retour. Elle a tenu à nous garder encore pour nous donner à boire une boisson au goût à la fois doux et un peu âcre. Je n’ai compris ni le nom ni la composition mais c’était bon. Le dépaysement continuait. C’est elle qui nous a conduits à nos chambres. Marcel avait l’air vraiment épuisé mais son sourire, lui, était inépuisable.

Quand je me suis retrouvé seul, la fatigue m’est tombée dessus d’un coup. Je me suis senti vidé. Un coup d’œil à la fenêtre qui donnait sur le jardin et je me suis jeté sur le lit. Allongé sur le dos, j’ai enfin détendu mes jambes ankylosées. Au fur et à mesure que je sentais mes muscles se détendre, les images ont reflué. Le vide s’installait jusque dans ma tête. Entre veille et sommeil qui m’engourdissait. Dans ce blanc, il n’y avait plus qu’un nom qui flottait.

Monlevade. João de Monlevade.
Le Brésil, j'y étais moi aussi. Enfin.

J'essayais d'imaginer ce qu'il avait dû éprouver en arrivant, lui, après un voyage autrement long. Un corps est un corps, peu importe les époques. La fatigue est la même.
Avait-il eu la tête aussi confuse que la mienne ? Avait-il eu besoin, lui aussi, d'abaisser les paupières, d'allonger les jambes, de faire le vide, même si le désir de tout découvrir, tout de suite, comme un enfant, le taraudait ?

Je rouvrais les yeux par moments. Dans cette chambre, tout était frais, blanc. Je captais par instantanés des éclats de couleurs qui tranchaient sur tout le blanc : le bleu vif d'un vase débordant de fleurs, leurs corolles jaunes charnues ; la table de bois brun ; le rouge carmin des robes qui moulaient le corps des danseuses sur une affiche célébrant la samba, accrochée au mur ; le blanc éclatant des chemises et le noir des pantalons des danseurs.

Quand je refermais les yeux, je revoyais la mer qui montait quand j'avais découvert le livre sur Monlevade, et tous les visages rencontrés depuis qui revenaient, un à un. Ma galerie secrète.

C'est Marcel qui m'a réveillé. J'avais dû dormir pas mal de temps, la lumière avait changé dans la chambre, elle était dorée, adoucie. Il prenait une douche à côté, dans la salle de bains commune aux deux chambres, et je l'entendais chantonner. D'un coup, une bouffée de joie, de fierté, m'a envahi. Oui, j'étais au Brésil. A Monlevade.

J'étais vraiment parti.

Tout était neuf. A découvrir. Envie de filer dans les rues et de voir les gens, me gaver de visages nouveaux, de sons, de voix, d'avenues et de ruelles.

J'ai attendu que Marcel sorte de la salle de bains et j'ai pris la suite. Etrange familiarité de partager la même salle de bains. J'en avais pris l'habitude chez lui et je n'étais pas mécontent que cela continue. Je retrouvais l'odeur de son savon à barbe, ses affaires disposées exactement comme chez lui. Quelque chose de rassurant.

J'ai sorti l'eau de toilette que je m'étais achetée dans une boutique de l'aéroport. J'avais abandonné le goût du parfum sur ma peau depuis des semaines. Cet achat, c'était un geste irréfléchi, décidé dans l'instant. J'ai ouvert le flacon. J'ai respiré. Mon odeur pour ici. Cèdre, vétiver. Je m'en suis empli les narines et je m'en suis aspergé après la douche. J'étais prêt. J'ai frappé doucement à la porte de Marcel.

— Entre, Antoine, viens ! Regarde-moi ça !"

Sa fenêtre était ouverte sur une terrasse presque entièrement recouverte de fleurs jaunes, rouges, couleurs de flamme. Une table et une chaise y trouvaient juste de quoi tenir.

— Ce n'est pas magnifique, ça ?

Il était vêtu d'un pantalon léger et d'une chemise blanche. Très élégant, Marcel, comme toujours.

C'était dans la façon de porter la tête, dans la finesse des mains, son élégance. J'ai demandé :
— On y va ?
— Vas-y, toi, si tu veux. Moi j'ai besoin encore de me reposer un peu. Je vais demander qu'on me rapporte de cette boisson qu'on a bue tout à l'heure, j'ai beaucoup aimé, je me demande s'il n'y a pas une touche de rhum là-dedans… et je vais lire quelques pages. J'ai besoin de ça pour me sentir vraiment au carré, tu comprends…
Je comprenais.

La lumière dorée de la fin d'après-midi m'appelait. Une fois dans la rue, j'ai respiré un grand coup. Oui, l'air était différent et si c'était seulement dans mon imagination, ça m'était bien égal. Respirer un air nouveau, c'était ce que je voulais. Et j'étais finalement content d'être seul. Marcher pour la première fois, seul, dans les rues d'un pays inconnu, ça me grisait.
Je guettais les signes qui font la différence dans la vie de tous les jours. L'allure des arrêts de bus, les taxis, les cabines téléphoniques, les enseignes des magasins, tout ce qui fait le quotidien des autres, qu'ils ne remarquent plus, et qui pour moi disait que j'étais bien ailleurs.

A part quelques petites incursions en Europe : Angleterre, Pays-Bas, Espagne, Italie, je n'avais jamais beaucoup voyagé.

Tout me sollicitait mais bientôt ce sont les gens qui ont capté mon attention.

Les visages que je croisais avaient des pommettes hautes, des yeux sombres, vifs, une peau lisse, miel ou brune. Je ne me lassais pas de les regarder. Mais à force de les regarder, ce qui me frappait, c'est que les rides se marquent toujours aux mêmes endroits partout, que les bouches s'étirent pour sourire de la même façon partout. Les tristesses, les joies, l'indifférence ou la colère, c'est pareil partout. Partout.
Je me disais qu'en regardant les visages on ne pouvait jamais être dépaysé.

C'était comme retrouver, sur des terres différentes, le vent, la pluie ou le soleil.

Du coup, moi aussi je me sentais pareil à eux tous.

Un mot a débarqué alors dans ma tête, un mot que je n'attendais vraiment pas. Tellement associé par habitude aux deux autres, liberté-égalité ! juste bon pour la rime et le rythme du poème élimé de la république.
Je n'avais jamais laissé le mot "fraternité" me venir tout seul à l'esprit.

Mais face aux visages que je croisais, c'est bien ce mot qui résonnait dans ma tête, qui prenait toute la place. Comment dire qu'on ressent un mot ? C'était pourtant bien ça. Je ressentais. J'éprouvais quelque chose de fort, d'intense, juste à partir du mot. Envahi par une impression inconnue, une sorte de sécurité toute simple, comme avec sa famille autour d'une table. Je me sentais bien. Chez moi chez les autres. Il suffisait qu'il y ait d'autres êtres humains qui me croisent. C'est tout. Au milieu des autres, chez eux sur terre, je marchais, chez moi sur terre aussi. Une dimension nouvelle. J'avais la sensation que je pourrais marcher comme ça n'importe où, je me sentirais chez moi. Il suffirait juste que je croise d'autres regards, d'autres visages.

Je pouvais penser "nous". Ce que je n'avais jamais réussi à penser en partageant le travail, les préoccupations, la lutte de mes camarades à l'usine. Je pouvais m'inclure parmi les autres en marchant simplement dans les rues.

Ça, c'était une émotion nouvelle.

J'ai continué à marcher, sans chercher à comprendre ce que j'éprouvais. C'était à vivre. C'est tout. Et après tous mes jours et toutes mes nuits inquiètes, c'était bon à vivre.
Mon visage s'offrait aussi aux regards des autres. Un partage. Simple. Et ça me suffisait.

Je me foutais bien de la mondialisation. Ce que j'avais cherché, ce qu'on cherchait tous, c'était ça, ce sentiment d'être chez soi sur terre, c'est tout, non ? Avec les autres. Tous les autres.
"Fraternité" ça faisait éculé, catho, tout ce qu'on veut mais je n'avais rien de mieux dans la tête. Je n'arrêtais pas de penser ce mot et peu à peu c'est comme si je l'avais habité. J'avais l'impression que là je pouvais vivre à l'aise, sans les vieilles coutures qui frottent. J'ai pensé que c'était Marcel qui me l'avait offert en premier. Avec lui j'étais dans cette fraternité tranquille. Et l'âge n'avait pas

d'importance ni les liens du sang. Nommer, ça me donnait de la force. Je marchais avec le mot déployé en moi.

C'était naïf de penser qu'un autre ordre du monde était possible ? que mon sentiment, dans ces rues, de la fraternité pouvait dilater d'autres poitrines que la mienne ?
J'ai revu mes parents dans la cuisine de mon enfance. Sur quelle fraternité appuyaient-ils leurs espoirs d'un monde meilleur ? Ils faisaient partie de ceux qui accueillent, généreusement, c'est sûr, mais eux, ils n'avaient jamais tenté d'être accueillis ailleurs. Solides et généreux, oui, mais chez eux. Toujours chez eux.
Il faut une confiance sans limite, sans frontière pour penser qu'on va pouvoir être accueilli par d'autres, ceux qu'on appelle des étrangers, ailleurs.
C'est ça que Jean de Monlevade devait avoir lui aussi. La confiance.
Et moi à huit ans, quand je me sentais “réduit” et que j'avais fui, un soir d'orage, c'était ça que je cherchais ? Une confiance plus grande dans le monde ? Quelque chose qui permet de respirer vraiment large.

Je repensais à ma course effrénée. Même si ma fugue n'avait duré que le temps d'un orage, c'est elle qui faisait qu'aujourd'hui je marchais dans ces rues. J'en étais sûr. Eric, le petit voisin, Elias, le garçon aux parents sourds-muets, m'avaient guidé jusqu'ici, jusqu'à cette part de moi remisée dans le

mot “enfance”. Un mot bien pratique pour mettre le couvercle sur les désirs.
Pourtant la force, elle était là.
C’est de l’enfance que venait mon insurrection. Elle me gardait vif. Oui, c’était bien moi l’enfant qui avait couru éperdu dans les rues de sa banlieue et l’homme qui marchait aujourd’hui, ici.

Je ne sais pas combien de temps j’ai marché dans cette joie qui me rendait léger, homme parmi les autres, bien vivant.
Accompagné de tous les autres, qui parlent une autre langue ça ne fait rien, qui rient, qui marchent ou vont, dans leur silence pensif.
Et moi parmi eux, bien vivant, bien vivant oui, de la vie des hommes qui se rencontrent et partagent la rue, le ciel. Oh, les mots qui venaient en moi comme des paroles vibrant dans l’air
coudes
mains
fesses des femmes balancées au rythme des pas
épaules
visages visages visages
Un poème qui montait du plus profond de moi et que j’offrais silencieux à tous ceux que je croisais.
J’osais les mots à l’intérieur de moi. Ils me portaient, ils ancraient mes pas sur cette terre, dans ces rues.
Quand tout mon corps a été épuisé par la marche je me suis installé dans un café et j’ai écouté. Immobile.
Les voix.

D'autres mots que les miens.
Une autre langue.
Dans le café, il y avait beaucoup d'hommes, deux ou trois femmes seulement. J'avais entendu des camarades parler en portugais à l'usine. Parfois au bar où on discutait, ils formaient une tablée sonore. Ici la différence, c'était que les sons étaient plus doux, coulés, presque avec nonchalance. Entre le portugais et le brésilien c'était la même différence qu'entre marcher et danser. Les mêmes jambes. Un pas différent. Je me laissais prendre par les sonorités qui s'alanguissaient des gorges jusqu'aux lèvres.
J'avais envie comme un enfant d'essayer moi aussi ces sons nouveaux. Moi aussi je voulais arriver à danser comme ça avec les mots.
— *Francês ?*
— *Sim.*

Le patron avait un ventre bien arrondi et le sourire qui allait avec.
— *Ferias ?*
— *Sim*... Je ne mentais qu'à moitié à l'homme qui se tenait tranquillement installé en face de moi, curieux d'un touriste ici, à Monlevade. *Ferias*, ça m'allait bien. Des vacances. Quelque chose à voir avec le vide qui se faisait en moi. Quelque chose de neuf.
Ouro Preto, Belo Horizonte, Ignazu, les chutes... J'arrivais à suivre. J'avais rêvé sur le vieux divan de Marcel en regardant des photos et j'avais appris dans les guides que la capitale de l'or, Ouro Preto, l'or noir, était un chef-d'œuvre de l'art baroque,

toute une ville classée entièrement Patrimoine de l'Unesco. Je savais bien que Monlevade n'offrait pas grand intérêt touristique. J'ai dit que j'étais hébergé par des amis ici et que je voulais voyager dans la région. J'avais décidé que mon rapport avec Lusine resterait secret. Je lui ai commandé une caïpirinha.

Et j'ai repensé à mes copains, là-bas, à l'usine. J'allais trinquer à eux.

Quand le patron est revenu avec un verre haut bien rempli de belle couleur, j'ai lancé João de Monlevade, *francês tambèm* !

Son sourire s'est épanoui.

— *Sim !* João de Monlevade. *Francês. Importante.*

J'ai repris *Sim, importante...* et avec des gestes pour me faire comprendre j'ai continué J'écris sur Jean de Monlevade parce qu'en France on le connaît peu…

Bien mentir, c'est rester au plus près de la vérité, j'avais appris très jeune.

Et voilà mon homme qui s'est installé carrément à la table

— *Sim... muito importante...*

Il m'a resservi, aux frais de la maison, et on a fait la conversation comme on a pu, brésilien, français, anglais, toutes nos capacités y sont passées et beaucoup de sourires.

Finalement être étranger quelque part, ça me convenait.

Le patron était intarissable. Ici, Lusine était appréciée, voire glorifiée. Elle nourrissait une bonne partie de la population. Ses deux fils y travaillaient et il espérait pour eux une “belle carrière”. Je l’écoutais. Les “belles carrières”, c’étaient des expressions que nous, on n’employait plus. J’ai fait semblant de gribouiller quelques notes et je l’ai remercié.

Mon humeur avait changé et, au retour vers la pousada, j’ai dû lutter contre une rage sourde qui revenait, nourrie par les louanges du patron pour Lusine.

C’était l’heure du dîner. Marcel était descendu. A la cuisine, avec un grand tablier pour ne pas tacher sa belle chemise blanche, il tournait une sauce odorante. A côté de lui, Thaïs, un verre à la main, lui donnait des conseils en riant.
— Tu arrives à point nommé, Antoine, je commence à avoir le poignet engourdi, vas-y ! Thaïs va t’aider. Elle parle un français étonnant, un peu désuet, tu vas voir, c’est la butte Montmartre, elle a de ces expressions ! c’est savoureux…
Thaïs m’a souri.
— Je me suis occupée beaucoup d’une vieille dame française qui vivait à Monlevade. C’est elle qui m’a appris le français à sa façon. Adrienne, on l’aimait tous beaucoup ici. Elle est morte l’année dernière. Elle nous manque. Pendant plein d’années elle a pris ses repas du soir avec nous, toujours, elle n’aimait pas rester la soirée toute seule dans sa maison… et on parlait… j’allais chez elle souvent. A la fin je m’occupais d’elle toute la journée et je dormais aussi dans sa maison.

La sonnerie de son téléphone portable l'a interrompue. Elle a lancé dans un souffle "Waldo ?" puis en faisant un signe d'excuse de la main, elle s'est esquivée dans le jardin pour poursuivre sa conversation. La façon dont elle avait prononcé le prénom, c'était intime, l'intimité d'une femme avec un homme. J'ai senti le creux dans ma poitrine.

Mes yeux la suivaient, elle s'est assise sur une chaise longue. Elle ne se laissait pas aller, le dos très droit, le buste penché en avant, elle se balançait d'avant en arrière comme un enfant qui se berce et je ne sais pas pourquoi je me suis dit alors qu'elle souffrait elle aussi.

— Alors, Antoine, cette première balade ?

Marcel me regardait, souriant. J'ai pris la cuiller et je me suis mis à tourner la sauce. Pas question de laisser la tristesse venir creuser ses petites tombes à souvenirs dans ma tête.

— C'était bien, Marcel. Vraiment bien.

Les mots n'arrivaient pas pour lui parler de ce que j'avais éprouvé, dans les rues… pas maintenant.

— Moi j'ai décidé que ce serait pour demain, le dehors. J'y vais doucement.

Nous avons pris notre repas dans la salle ouverte sur le jardin. Comme dans la chambre, les affiches de samba aux murs. Nous étions servis par le jeune garçon qui avait porté nos bagages. La gravité silencieuse de l'adolescent en tee-shirt blanc impeccable et pantalon noir me frappait. A quoi rêvait-il, lui, tout en nous servant ? A quoi rêve-t-on quand on a seize ou dix-sept ans au Brésil ? Est-ce que dans le fond tous les rêves, comme les expressions sur les visages dans la rue, viennent du même souffle à l'intérieur des êtres humains ? Juste la couleur des rêves qui changent avec le climat, les habitudes, les pays ? Mais à seize ans on veut quoi ? Etre aimé ? Aimer ? Tous. Partout. Et moi à seize ans qu'est-ce que je voulais ?

Marcel me regardait avec un petit sourire ironique.
— Excuse-moi, je n'ai pas écouté…
— J'ai vu ! tu étais loin…
— A quoi tu rêvais, Marcel, quand tu avais seize ans ?

Il avait pris l'habitude de mes questions abruptes au cours de nos longues soirées de discussions chez lui. Il a laissé un temps de silence, a passé sa main sur son visage comme pour laver les années.

Et sa réponse est venue, simple et claire.
— Je rêvais d'être écrivain.
Il est resté un temps à nouveau silencieux puis il a continué.
— Et je suis devenu lecteur, tu vois, un lecteur qui vend des livres aux autres. Dans le fond ce n'est pas si loin… Et toi, Antoine ?
Il me regardait avec toute son attention.
— Je ne sais pas. Je me le demande. Je voudrais tellement savoir ce que j'avais dans le crâne à ce moment-là…

— Dans le crâne… ou dans le cœur ?… remarque c'est pareil…
— C'est pareil.
Nous nous sommes souri. Ça valait toutes les conversations du monde.
Je retrouvais ma tranquillité.

Les habitués qui venaient prendre leurs repas nous ont salués longuement, chacun. Sourires et bustes qui se penchent. Je pensais au mot "courbette" et je me disais que c'était tout sauf des courbettes, ces courbes élégantes qui faisaient se ployer légèrement la colonne vertébrale. J'ai pensé "la politesse du tango". Les conversations allaient bon train, des exclamations, des envolées, je me suis plongé dans l'écoute comme au café.
A nouveau la langue, parce que je ne la comprenais pas, m'emportait dans ses rythmes. J'aimais ça, ne plus me soucier du sens. Juste la musique.
De temps en temps, l'un ou l'autre se tournait vers nous et souriait à nouveau, nous adressait un signe de tête, comme pour montrer que nous n'étions pas exclus, même si nous ne partagions pas le sens des mots. J'ai apprécié cette hospitalité silencieuse.
Notre table était la plus proche du jardin et droit devant moi, Thaïs réapparaissait par moments, toujours son téléphone portable à l'oreille. Elle arpentait le jardin, visiblement furieuse, mais sa tante est venue la chercher et, malgré ses gestes de refus, elle a dû cesser sa conversation et la suivre vers la maison.

J'avais l'impression de cadrer une scène pour un film et d'en faire partie. Je captais chaque détail, en même temps j'étais pris. La scène avait une atmosphère particulière parce que les feuillages des arbres, les fleurs, même le rougeoiement du ciel m'étaient inconnus et que Thaïs semblait à la fois très présente et pourtant débarquée d'une autre époque avec ses vêtements décalés.

Je savais que ma mémoire garderait l'étrangeté.

Le parfum des épices, surprenant, accompagnait cette vision. Je n'avais jamais eu droit à autant de sensations nouvelles en si peu de temps.

La nouveauté, elle était en moi.

Il y a des mots qui sont venus tout seuls dans ma tête, des noms de rue, des enseignes, des bribes entendues, que j'avais glanés le long de cette journée, qui avaient trouvé à se nicher dans mon corps à moi. Avenida Castelo Branco, Rua Guanabara, O'Boticario… Des mots qui accompagnaient maintenant le goût dans ma bouche, la couleur de la robe de Thaïs fixée dans ma rétine, le rire des convives dans la salle, dans ma nuque le léger fléchissement des salutations, dans mes jambes l'envie de la samba des affiches.

Je me sentais comme après avoir fait de la moto longtemps. Mon corps me revenait par vibrations et là, j'habitais la terre, oui.

Rien à voir, les mots et mon corps, en apparence mais quand un mot résonnait vraiment à l'intérieur de moi, c'était comme un fleuve qui irrigue tout. Un bonheur.

Je retrouvais mon état bienheureux de cet après-midi. Est-ce pour cette joie-là que des gens voyagent et ne peuvent plus s'en passer ? Pour cette joie-là qu'il y en a qui lisent et n'arrêtent pas de lire ?

— Tu es allé faire un tour du côté de l'usine ?
L'espace qui s'était ouvert en moi, large, s'est resserré d'un coup.
Lusine.
La question de Marcel m'a pris au dépourvu. Lusine. Je lui en ai voulu de m'arracher au poème. D'un coup. Mot contre mot. Elle était fragile, ma joie. J'ai fait un effort pour répondre :
— Non, pas encore. Je préfère me documenter un peu plus.
En plus de l'effort que ça me demandait de répondre, je me sentais coupable. De l'effort même. De la colère que je n'arrivais pas à endiguer.
Pour une fois Marcel n'a rien senti… ou fait semblant et il a continué.
— Tu sais, j'ai appris tout à l'heure par Thaïs qu'ils ont eu une période dure ici quand c'était encore la Belga Minerae, dans les années 1980. Le syndicat de la sidérurgie a lancé une grève qui a tenu le coup. C'était pas Lula à l'époque et ils ont dû batailler ferme pour obtenir que la convention collective qui arrivait au terme des trois ans soit reconduite par le patronat.
La belle vibration m'avait quitté. J'écoutais. J'attendais que ça se calme, la colère. Je continuais à m'efforcer de rentrer dans les paroles de Marcel.

— Il y a eu une sombre histoire de liste noire qui a poursuivi les ouvriers licenciés, agitateurs. Ils n'ont pas pu se recaser après. Le père de Thaïs en a fait partie. Il ne s'en est jamais remis.
Le nom de Thaïs, soudain, m'a frappé. La sonorité qui me paraissait étrange tout d'un coup dans la bouche de Marcel. Je m'y suis accroché pour remonter dans la conversation :
— Thaïs, c'est grec ou brésilien ?
— Les deux, je crois. Grec au départ et pris par les Brésiliens ensuite.
— Ses parents vivent ici ? à la pousada ?
— Non, elle seulement. Sa mère est morte il y a assez longtemps. Et c'est la patronne, la sœur de sa mère, qui l'a prise ici. Le père, lui, est parti à Belo Horizonte, il a refait sa vie, il a eu d'autres enfants… ils n'ont pas gardé de vrais liens…
— Eh bien, tu en as appris des choses, elle est bavarde, Thaïs…
— Pas vraiment, non. Mais je l'ai écoutée et tu sais bien que quand on écoute, les gens parlent. La cuisine, ça aide… elle est surprenante, cette fille, je l'aime bien.

Je n'ai pas eu besoin de me forcer pour sourire.
— Ça, j'ai vu !

Marcel a poursuivi :
— Ils ont eu gain de cause tu sais, les gars de l'usine, ici ! on leur a payé ce qu'on leur devait et la Belga Minerae a été obligée de reconduire la convention collective. C'est pas des moutons, autrement dit, et ça, c'est intéressant.

Je revoyais Lucas “Nous, on n’a pas le choix.” Sa phrase me faisait mal. C’est quoi, ne pas avoir le choix ? C’est passer toute sa vie à quoi ? La conversation avec Marcel s’est poursuivie. Il était en verve et peu à peu je retrouvais mon intérêt à l’écouter.

— … la question du travail, elle n’est pas nouvelle, Antoine, elle est là bien avant celle du profit capitaliste. Il faut quand même bien se questionner sur la racine même du travail. Pourquoi les hommes ont-ils tant besoin de travailler, hein ? Pourquoi l’oisiveté est-elle montrée du doigt comme la mère de tous les vices depuis toujours ? Tout ça, ça ne date pas d’aujourd’hui ! Avant de s’en prendre au monde des affaires, il faudrait essayer de comprendre l’affairement des êtres humains. L’affairement. Si tu le réduis juste à une histoire de patrons et d’ouvriers, tu passes à côté de quelque chose de bien plus intéressant encore.

Là Marcel avait touché juste. Il avait touché exactement le nœud de mes questions à moi, celle que je n’arrivais souvent pas à formuler.

Depuis l’enfance il y avait un écart entre moi et ceux qui s’affairaient, comme disait Marcel. Moi, j’aurais bien passé ma vie à contempler les gens, les choses, à écouter, à sentir, à toucher. C’était ça, être vivant. Plus je grandissais, moins je savais me débrouiller avec tout ce qui m’envahissait : les sensations, les émotions, tout était trop fort. Je ne pouvais en parler à personne. Il n’y avait plus de place en moi pour grand-chose d’autre. Dans l’espace qui restait, pas moyen de caser les études. Pas moyen de faire une place à l'espérance des parents. Alors je courais comme un fou sous la pluie. Pour reprendre souffle.

Quand je parlais avec Marcel, je m'éclaircissais.

Cette première nuit à Monlevade, je l'ai passée avec le petit carnet noir de mon père. Il était loin le temps où j'étais descendu pour le voler.
J'ai caressé la couverture, le geste que je n'avais pas osé cette nuit-là. Et de sentir la moleskine sous mes doigts, j'ai revu mon père s'installant à la table de la cuisine, la paume de sa main lissant bien la page où il allait écrire, appuyant de la tranche fermement pour maintenir le carnet ouvert.
Dans la pousada il n'y avait plus de bruit. Tous les remuements de chaises, de vaisselle avaient cessé. Chacun retournait au repos, au sommeil. Maintenant la nuit allait doucement porter les rêves jusqu'au matin.
C'était le bon moment. Loin de "l'affairement". Celui des respirations paisibles des autres autour de moi, dans le sommeil.

J'ai ouvert le carnet.
Le battement de mon sang dans mes tempes. Au bout de mes doigts.
Dans une bouffée, toute la nuit de la maison de mes parents. J'ai respiré lentement.

Ce n'était pas des images qui venaient mais des mouvements. Feutrés, réguliers et comme engourdis. Un monde où chaque geste engendre le prochain, tranquillement. Un monde où aucune question ne vient interrompre le lien qui tisse un instant à un autre dans la continuité reposante des jours.

La durée.

Sans à-coup.

Comme si la vie tout entière se tenait là, absolument. Comme si tout pouvait être contenu dans les corps. Comme si la vie n'échappait pas à chaque instant, dévalant les rues et partant loin, loin au-dessus des toits, des rivières, des usines, diffractée en mille sensations éphémères, humaines, pas humaines, dans les fleurs, dans les pierres, dans le ciel. Partout où un corps humain ne l'arrête pas à la limite de sa peau.

Dans la maison de mes parents, la vie était bordée par l'air qui entourait chaque mouvement, circonscrite, sans merveille mais paisible et forte. D'autant plus forte qu'elle s'ignorait.

Un sentiment que je n'avais jamais partagé.

Juste observé. Contemplé à m'en crever les yeux.

A ne plus pouvoir.

Je n'y étais pas parvenu.

Je n'y étais pas.

Et mon père ?

Et la vie pour lui ?

Sa vie.

Dès la première page, son écriture avec ses à-pics. Si vite reconnaissable. Pleine d'élan retenu. Montant, descendant. Toujours à la verticale, comme s'il ne pouvait pas prendre ses aises en largeur. Tenu à occuper le moins de place possible dans l'espace. Un homme aussi étroit que les lettres qu'il traçait. Je les ai revus tous les deux. Mes parents. Ma mère qui allait, venait. Lui, assis, coudes près du corps, tout entier resserré dans l'acte d'écrire.

Je feuillette les pages. J'entre dans les rues d'une ville inconnue. Je déambule. Les mots, les phrases comme des façades à contempler. J'essaie de sentir l'architecture de cette ville-là. Etrangère.

Il y a la date de chaque jour pour entamer l'écrit, un trait horizontal pour clore chaque jour passé.

Et pas de blanc entre.

Des petits pavés inégaux.

La vie de mon père.

Je pense à ces jardins ouvriers bien exploités, sans place perdue, morcelés en carrés, en rangées bien alignées. Ici, ce sont les jours qui sont découpés, rangés, cultivés.

Bientôt mon œil est attiré par les passages les plus courts. Certains jours, juste la date notée. Le trait bien tiré dessous.

Et rien.

Ce sont ces jours de rien qui me bouleversent.

Le besoin de noter la date. Quand même.

Parce qu'un jour ne peut pas totalement se perdre ?

J'imagine les jours de rien. La fatigue. J'imagine le vide. Le renoncement. Et cette dernière résistance à tout ce qui échappe : noter la date, tracer un trait bien droit juste en dessous.
Mes doigts caressent lentement les jours de rien inscrits sur les pages.
La vie de mon père trouée. Pas un mot pour arracher une étoile à l'obscur. Une date, un trait. Et c'est tout. Combien de vies comme la sienne ?
Comment être content tous les jours de partir le matin, dire au revoir aux enfants, embrasser sa femme, retrouver les autres à l'usine, le travail et recommencer le lendemain ? La même chose. La même.
J'essaie de comprendre, avec les mots et les vides notés là, ce que je n'ai pas réussi à comprendre en le vivant.
Je lis le carnet de mon père comme d'autres lisent un ouvrage de philosophie.

J'entre dans la lecture. Je suis les jours de mon père. Un par un. Je suis ses traces. Comme j'ai suivi celles de Jean de Monlevade jusqu'ici. J'essaie de comprendre.

Je pense aux copains. Aux passerelles de plus en plus étroites pour parvenir à exister. Un peu.
Plus personne ne tient de petit carnet. Les secrets de fabrique des uns et des autres ne sont plus voués au partage choisi mais à la circulation anonyme,

efficace, productive. Et avec eux s'est perdu le secret tout court : celui d'une vie au travail.
Mon père a noté bien plus qu'un tour de main. Il a noté ses jours. Je comprends que c'était bien au-delà de Lusine et que je me suis fourvoyé à le chercher là où il n'était pas, dans ce qui se voyait, cette vie tout entière dévouée au travail. Le haut de l'iceberg. Ce qui tenait cette vie-là, si évidente, ce sont les jours de rien, les jours qui ne vont pas jusqu'à la lumière.

Soudain mon regard est attiré par un schéma. Il y en a quelques-uns dans les pages du carnet. Aussi scrupuleusement dessinés que les mots sont tracés. Mais celui-ci est totalement différent. J'examine. Je déchiffre.

Rien à voir avec le reste.

C'est un plan de caravelle ?

Oui, là, incongru. Un plan de caravelle.

Inespéré.

Un grand vent souffle dans ma poitrine.

Il est là, mon père. Dans cette caravelle qui n'a jamais connu la mer.

Son rêve est là. Et même s'il est bien tenu au format d'une petite page de carnet, encadré par une date et un trait bien net au-dessous, il est immense. J'embrasse la voile. Et je le vois, mon père, fier sur son bateau. Capitaine de ses rêves secrets. Il a redressé son dos. Il regarde l'horizon et rien, rien, ne peut le retenir.

Alors des mots me viennent.

Comme dans la rue cet après-midi.
Un poème du père.
Je laisse monter les mots en moi.
Un à un.
Arrachés à tout le labeur.
Ils lavent la sueur des jours enfermés.
Ils détachent les amarres.
Et que le bateau vogue. Loin. Loin.

Je prends mon stylo, le seul objet offert par Karima que j'ai gardé, et j'écris. Dans le carnet de mon père. Mon poème pour lui.
Je tourne les pages.
J'écris dans le blanc des marges, dans les espaces laissés autour des schémas que je ne comprends pas : ceux de l'usine.
J'écris les mots. Pour lui. Un par un.

Mon cœur est gonflé d'un amour sans limite.
Pour lui.
Pour tous ceux qui comme lui ont passé leurs jours à travailler sans relâche. Malgré le vide. Et tenant dans leur main la guenille du rêve, déployée en secret. Loin de tous. Le pavillon hissé bien haut.

Je pense à Jean de Monlevade. A ceux qui osent, un jour, faire voile, laissant tout derrière eux. Je sens en moi la force que donnent les rêves retenus de tous les autres, ceux qui ne partent jamais.

De qui Monlevade tenait-il sa force ? De quels rêves brodés point par point, initiales mêlées, sur les draps fins des nuits de son château ?

Mon regard se pose sur l'affiche de samba. Les corps tendus l'un vers l'autre. La ligne du désir. Flamboyante entre cheville et nuque. Si juste.

Je sens chaque vertèbre des danseurs. Les corps embrassés par l'air et le rythme plein, intense de la musique. La vibration dans les corps. Aucune fatigue. Ils pourraient danser des nuits entières.

Je retourne aux mots de mon père. Sa ville secrète. Les jours de rien, quelle musique le tenait pour vivre ? Quel désir ?

Debout, derrière les machines, debout, enlacé à celle qui l'accompagnait.

Je cherche dans ma mémoire un visage, celui d'un père qui sait l'inanité de toute besogne. Je ne retrouve que le visage absorbé par la construction des bateaux minuscules, la ride creusée sur son front par l'application à vivre. Est-ce qu'il m'a appris quelque chose en me montrant jour après jour comment on fait tenir un rêve de bateau entre ses mains ? Un enseignement profond que je n'ai pas vu, qui s'est pourtant déroulé sous mes yeux jour après jour ?

J'essaie de lire, au hasard. Il a noté des cotes, décrit des procédures.

Je m'en fous, des procédures, cette nuit.

C'est lui que je cherche.

C'est lui que j'ai cherché à l'usine, derrière les machines, derrière les voix des autres.

Lui et nous.
Notre histoire.
Notre histoire à nous quatre, cette famille si semblable à toutes les autres familles du quartier, avec nos maisons si semblables et nos avenirs si semblables.

Comment être singuliers dans tout ce pareil qui nous mine ?

Nous, on était qui ?

Et moi, en regagnant le rang, derrière le père, qu'est-ce que j'ai cherché ? J'ai cherché moi aussi à faire comme les miens ? Comme les autres. Pour être semblable. Encore plus. Parce que la singularité, la mienne, ce que je suis, ça m'éloignait d'eux.

Et je voulais tellement rejoindre.

Je tourne lentement les pages. J'apprends.

Oui, à l'usine je suis allé chercher une forme de paix, celle d'être semblable. La tranquillité avec laquelle mes parents traversaient les années. Leur sentiment d'avoir accompli. Moi j'avais si fort l'impression de ne rien accomplir. Jamais. J'ai cherché un sillon où me couler, où creuser moi aussi et, qui sait, trouver le trésor. Pourtant jamais mon père ne m'a fait croire qu'il y avait un trésor derrière les heures empilées à l'usine. Il m'a bien montré jour après jour le corps qui s'affaisse et les rêves tenus à bout de doigts avec des ficelles, de la colle et tant de minutieux soupirs. C'est moi qui ne voulais pas voir. Son corps disait tout. Pas son visage.

Son corps, je l'ai vu perdre sa jeunesse peu à peu et ça m'a fait peur.

Mes désirs, je les ai peu à peu fait entrer dans les cales de ses modèles réduits, les beaux navires qui n'avaient ja-ja-jamais na-vi-gué… cachés au creux de ses rêves à lui, sur l'étagère. Je les ai laissés là. Oubliés.

La main de Karima sur les voiles les a réveillés, c'est tout.

Maintenant ça ne peut plus s'arrêter.

Je ne peux plus les ignorer.

Je suis parti. Comme Monlevade. Pour suivre mes rêves. Leur donner une chance de faire voile. Sinon, autant crever.

Je suis ici. Dans la ville qui porte son nom et je veux que quelque chose en moi se rejoigne. La ville porte son nom et c'est dans cette ville que je rencontre mes semblables, en étant ce que je suis, rien que ce que je suis. Ici, est-ce que je peux être enfin semblable et singulier à la fois ?

Est-ce que tous nous avons besoin de ça sur terre pour vivre ?

Je feuillette le carnet.

Non, ce n'est pas un trésor. C'est juste la seule chose qui appartenait en propre à un homme : ses secrets de fabrique des jours. De tout le reste il ne lui appartenait rien. Rien. Ce qu'il savait, ce qu'il écrivait jour après jour, c'était la valeur de son travail d'être humain. Et ça n'a pas de prix.

Un carnet fait par un ouvrier pour un ouvrier. Un homme pour un homme. La valeur du travail de vivre qui passe de main en main.

Aujourd'hui c'est une relique.

Aujourd'hui on veut juste savoir ce qui est utile pour fabriquer des choses. Pas la vie. C'est ringard, c'est perte de temps, c'est pas efficace, de noter les jours de rien. Juste pour qu'un autre, un jour, le sache.

Oui, ce carnet est précieux entre mes mains.

Je revois mon père me le donnant et je ferme les yeux.

Je revois ses mains.

Sitôt abandonnés les gestes de l'usine, il n'a eu de cesse de les employer à d'autres gestes. Le jardin. Et dans le fond je le sais, il n'a que faire de ce qui pousse, ce qui l'intéresse c'est bien ce que disait Marcel : Faire pousser. Faire. Oui, l'affairement. Parce que si on sait quelle fleur sortira de la graine, ce n'est plus pareil, le rêve. Reste le Faire qui occupe les jours de rien, le plaisir d'offrir le bouquet à sa femme et parfois la merveille d'une rose à la couleur inattendue. C'est tout.

Et c'est ma différence. Je n'ai jamais goûté la joie de l'affairement.

Ma singularité.

Irréductible au bout de tant d'années, d'efforts pour Faire, moi aussi.

Loïc, il aimait faire ses devoirs, aider ma mère, mon père. Maintenant il aime faire faire aux enfants et je suis bien sûr qu'il est bon dans sa partie. Oui, j'en suis sûr.

Moi, je n'ai jamais aimé Faire. Ni des études ni quoi que ce soit d'autre. Comme si quelque chose arrêtait chacun de mes gestes. Pourtant je sentais un remuement profond. Impartageable. Mes fonds sous-marins. J'avais si peur de les écouter, de les voir. Les entrevoir seulement me terrifiait. Impartageables d'abord avec moi-même.

Je regarde mes mains. Karima disait des mains de sculpteur mais je n'ai jamais rien sculpté. J'aurais aimé pourtant donner une forme à ce qui n'en a pas : un bloc. A l'intérieur de moi, le bloc. Secret. Opaque même pour moi. Que je trimballe. Partout. A la maison, à l'usine, sur la moto. Le bloc, il prenait forme quand j'avais Karima dans les bras. Seulement là. Quand montait mon poème d'abruti. Alors au fond de moi quelque chose sortait de l'informe et pouvait aller avec le monde autour. Mais le monde, il se réduisait à celle qui était là, nue, dans mes bras.

Dans les rues aujourd'hui, dans le carnet de mon père cette nuit, le bloc commence à se fissurer, je le sens. Et les mots viennent.

Je regarde mes mains. Le corps nu de Karima il n'avait pas besoin de mes mains pour trouver sa forme. Il était là. Dans une telle densité.

Je regarde mes mains.

Je voudrais caresser.

C'est brut.

C'est total.

J'ai envie, là, de caresser le corps d'une femme, sans me poser aucune question. Du silence et un corps de femme. Dans cette nuit ici. La première.

Je suis allé jusqu'à la fenêtre. Il y a dans l'air des parfums que je ne reconnais pas. Mes doigts serrent la rambarde en fer forgé. Il me semble voir une ombre rapide traverser le jardin. C'est une silhouette de femme qui a poussé la grille doucement, quitte furtivement la pousada. Thaïs ? Je revois les chevilles brunes et fines, le mouvement vif des épaules quand sa tante est venue la chercher. Tout le corps de cette fille dit le mouvement et c'est comme si elle cachait cette mobilité presque animale sous les lignes sobres, droites, de ses vêtements. Je chasse ces images. Je veux un corps de femme mais je suis incapable de rêver un visage nouveau.

Je retourne sur le lit où le carnet reste ouvert.

Mon père, qu'as-tu fait de tout ce temps ? As-tu été heureux ? Est-ce que nourrir sa famille suffit à remplir une vie d'homme ?

Comme c'est étrange de penser que pour être une famille "normale" il faut être séparés toute la journée, le père à l'usine, nous à l'école, la mère à la maison. Une famille normale ne regarde jamais le soleil se lever, parents et enfants ensemble, en silence. Est-ce qu'on ne pourrait pas avoir un peu

plus de temps ensemble chaque jour pour se promener ou contempler le vol des oiseaux ou chanter une chanson ?
Je suis sûr que tu aurais aimé, papa, nous embarquer sur ton bateau et faire voile.
La force qui m'a poussé loin de vous, elle était en toi aussi ? En chacun de nous ?

Je suis assis sur le lit. Je tiens dans mes mains le carnet.

Le lendemain c'est moi qui ai parlé de Lusine en premier à Marcel. J'étais prêt. J'avais envie de les rencontrer, les ouvriers d'ici.

Thaïs est venue nous saluer, gentiment. Elle était souriante, mais son regard était fatigué. J'ai repensé à la chanson que ma mère fredonnait quand on était petits "les yeux battus, la mine triste et les joues blêmes..." une chanson de Dalida, je crois. Petit, je m'étais beaucoup interrogé sur "les yeux battus", ça voulait dire quoi ? "Blêmes", j'avais trouvé tout seul dans le dictionnaire. Thaïs avait les yeux battus. Par quel chagrin ? Elle portait une robe droite, courte, grise, gansée de rouge vif, aux motifs géométriques. Elle avait vraiment une allure folle. Marcel n'a eu de cesse de la retenir à notre table. Elle s'est installée, sa tasse de café à la main, avec nous.

Il s'est servi du mensonge que nous avions imaginé ensemble pour approcher l'usine sans trop nous faire remarquer : mon projet d'écrire sur Monlevade, une sorte de roman historique.

Elle écoutait avec une attention extrême. Son ton avait changé. Quand elle parlait de l'usine c'était avec une sorte de ferveur qui m'agaçait. Elle ne tarissait pas d'éloges sur tout ce que le groupe avait apporté à la ville de Monlevade, elle aussi. J'étais mal à l'aise. Moi, je pensais aux copains, là-bas, à Lucas. S'ils l'entendaient ! pour un peu on aurait pu penser que le patron du groupe et ses actionnaires étaient des bienfaiteurs de l'humanité. Ecoles, transports, tout avait été amélioré. Jusqu'à des brigades du feu qui avaient été créées pour éviter les incendies d'été. Elle a fini par lâcher "Waldo, mon ami, travaille là-bas..." Mais elle s'est aussitôt interrompue. Marcel l'a relancée :

— Ah bon ! et il fait quoi ?

— Oh, c'est un poste compliqué... il voyage beaucoup à l'étranger... les commandes extérieures...

J'ai eu le sentiment que parler de lui la mettait mal à l'aise. Je le voyais à ses chevilles qu'elle ne cessait de croiser, décroiser, à ses mains qui jouaient nerveusement avec la tasse.

Je me demandais quelle allure avait ce Waldo. Bon, de toute façon, c'était clair qu'il n'était pas dans les ateliers et qu'il devait être bien heureux de son poste. Est-ce que dans "l'étranger" il y avait la France ?

Mais Thaïs était retournée à João de Monlevade. Elle s'étonnait qu'en France personne ne l'honore particulièrement.

— Même Adrienne, elle ne le connaissait pas avant d'être venue ici.

Marcel a demandé pourquoi cette fameuse Adrienne avait choisi de finir ses jours à Monlevade.

— Oh, elle avait eu de la famille par ici, il y a longtemps, a répondu Thaïs. Monlevade, ce n'est même

pas une jolie ville touristique. Ce n'est pas comme Belo Horizonte ou Ouro Prato, on ne fait pas partie des *tours operators*, nous ici...
— Et vous savez ce qu'elle faisait en France ?
— Elle ne racontait pas toujours la même histoire... c'était une vieille dame un peu désordre... un peu "raconteuse"...
— Raconteuse ?
— Oui... vous voyez... on ne savait jamais trop si c'était vrai ou pas, ce qu'elle racontait... parce que ce n'était pas toujours la même chose... selon les gens, les moments... on ne savait pas... ça ne fait rien, elle se faisait plaisir avec les souvenirs et à nous aussi... elle était très élégante... elle m'a appris beaucoup pour la mode française... elle disait qu'elle avait été mannequin, mannequin-pantalon à cause de ses jambes, pour les pantalons couture... Chez Adrienne, il y avait des piles de journaux de mode. Elle se les faisait envoyer de France.

Tout en l'écoutant bavarder avec Marcel, je ne pouvais pas m'empêcher de penser aux camarades qui avaient eu si peur de Monlevade.
J'étais dans la ville qui nous avait fait frémir de rage pendant des semaines. C'était là qu'ils travaillaient, ceux qui avaient du travail à revendre... J'ai réprimé l'irritation qui montait. Une envie d'interrompre Thaïs qui était revenue aux bienfaits du groupe de l'acier dans la ville. Mais que lui dire ? "Vous voyez, c'est ici qu'on prend le travail des autres sur la planète ! c'est comme ça que ça tourne

et arrêtez de chanter les louanges de ce groupe qui ne pense qu'à se remplir les poches avec le bénéfice de l'acier ! Vous croyez qu'ils vous aiment, qu'ils vous protègent ? Foutaises, oui ! ils font du fric, c'est tout ! et vous, vous leur tressez des lauriers ! Venez voir ce qui se passe à l'autre bout du monde, dans le pays de Jean de Monlevade, pas João le prénom chantant, juste Jean, venez voir ce qui se passe quand on n'est plus rentable !"

J'ai soupiré. Sans doute trop fort. Ils se sont arrêtés de parler.

— Je vous laisse, je suis trop bavarde.

— Non, non, ne partez pas si vite ! Marcel a posé sa main sur le bras de Thaïs. Nous allons avoir besoin d'un guide aujourd'hui pour aller voir cette belle usine. Pensez-vous que nous pourrions rencontrer votre ami ? Ce serait précieux pour Antoine.

— Oh, Waldo n'est pas là en ce moment… il a dû repartir, pour le travail…

A nouveau sa gêne. Je la sentais. Je n'aimais pas la façon dont ça se passait.

— On va juste aller faire un petit tour, on se débrouillera bien tout seuls.

— Mais je peux vous accompagner. Ça oui, je peux, je vais juste avertir ma tante.

Elle s'est levée avec cette vivacité qui me surprenait. Les talons aiguilles, la robe droite ne l'empêchaient pas de marcher aussi légèrement qu'en jean et basket.

— Et elle fait ses robes elle-même, tu te rends compte !

— Quoi ?
— Elle fait ses robes elle-même ! tu n'écoutes pas ce qui est intéressant, mon cher Antoine. Tu pars dans de sombres pensées et tu laisses passer bien des choses. Thaïs crée ses propres robes.

Je regardais Marcel. Mais qu'est-ce qu'en j'avais à faire que cette fille couse ses robes ? je n'étais pas venu jusqu'ici pour parler chiffon !

Et voilà, je me retrouve, le carnet de mon père dans la poche, à la sortie de l'usine de Monlevade.

En fin de matinée, j'ai eu un appel de Loïc à la pousada. Pour lui, c'était tôt le matin. Il allait partir en cours. C'était la première fois qu'on se parlait depuis que j'étais parti. J'avais donné des nouvelles aux parents, c'est tout. J'étais étonné et heureux d'entendre sa voix. Il me questionnait comme quand il était môme et que j'étais le grand frère. Il voulait tout savoir. Il a fini par me dire :

— Tu sais, avec Sandrine, on a pensé qu'on pourrait demander un poste double à la rentrée prochaine… ailleurs… on en a un peu marre de Paris, de la banlieue…

— Ah bon ? vous allez partir en province ?

— Non. On a pensé à l'étranger. Avec les Alliances françaises, tant qu'il y en a ! On s'est dit que c'était le bon moment, on n'a pas d'enfants et les parents peuvent encore bien se débrouiller sans nous… T'en penses quoi ?

— Ben… je trouve que c'est formidable.

Je ne savais pas trop quoi dire. J'étais ému, content, vraiment, que mon frère ait envie lui aussi d'ouvrir sa route. Il a ajouté :

— Tu sais, c'est ton départ qui nous a bougés. On y avait déjà pensé mais juste comme ça... pas vraiment sérieusement. Maintenant on est décidés.

J'avais envie de le serrer dans mes bras. On n'a pas dit grand-chose de plus mais j'ai encore sa voix dans l'oreille.

Devant l'usine, je repense au temps où il nous arrivait parfois, ma mère, Loïc et moi, d'aller chercher mon père.

Dans ma poitrine c'est un paysage ancien qui s'ouvre. La haute silhouette de mon père qu'on repérait facilement. Loïc lâchait la main de ma mère, il courait, mon père se penchait, le prenait dans ses bras. Moi, je ne bronchais pas. J'attendais. Que sa main se pose sur ma tête, qu'il caresse mes cheveux, la paume légère. Un oiseau. C'était ce geste-là que j'attendais.

Ici c'est une autre usine, un autre pays et c'est ma main que je passe dans mes cheveux. C'est un geste qui coiffe l'enfance sur ma tête.

Je ne peux pas m'empêcher de penser, maintenant que j'ai lu le carnet, que peut-être, ces jours où on allait chercher mon père, c'était pour lui des jours de rien... Dans le carnet, nous n'apparaissons pas. Ça, ça me révolte. Ce n'était pas rien pourtant, ces gestes-là. Bien aussi importants que les procédures de fabrication. Ces gestes-là, ils fabriquaient quelque chose qui n'a pas de nom mais ça a existé. Puisque moi je m'en souviens. Il embrassait ma mère sur le front. Souvent l'un ou l'autre de ses camarades venait avec lui et ils discutaient un peu. Loïc et moi, nous courions jusqu'à la grille de Lusine. On jouait à celui qui mettrait le pied à l'intérieur le plus longtemps possible pendant que les ouvriers continuaient à sortir et on comptait un, deux, trois, quatre... celui qui restait le plus longtemps avant que ma mère ne nous rappelle avait gagné. Un jour Loïc était entré complètement. Il s'était aventuré dans l'allée. Je le regardais, effaré par son audace. Ma mère avait couru le rechercher. Elle avait crié

Il sera toujours temps d'y être si tu travailles pas bien à l'école !

Je la revois, secouant le bras de Loïc, inexplicablement en colère. Un souvenir que j'avais oublié. Combien d'autres comme ça qui dorment au creux de ma mémoire ? Loïc avait pleuré. Qu'avait dit mon père ?

Les jours où on allait le chercher, on rentrait chez nous par le parc. Le parc ! Un grand mot pour un square avec une statue au milieu : Pasteur et son vaccin contre la rage. Les parents s'asseyaient sur un banc s'il faisait assez beau et nous jouions avec Loïc à faire le chien enragé qui attaque l'enfant, chacun notre tour. J'aimais particulièrement ce rôle du chien. D'autres ouvriers passaient par le parc. Ils rentraient chez eux où il se passerait à peu près la même chose que chez nous. C'était suffisant pour vivre et recommencer le lendemain.

Je pense à Karima et à sa silhouette que moi aussi, en sortant de Lusine, je cherchais. Paysage inversé.

C'était moi qui passais du dedans au dehors. La chevelure noire, bouclée, en bataille, et le sourire de Karima. Je me rends compte que je peux l'imaginer sans que ça me fasse trop mal. Un espace que je peux ouvrir ou fermer. C'est une liberté. Nouvelle aussi.
Ce matin au téléphone, Loïc ne l'a pas évoquée. C'est bien comme ça.

Une exclamation de Thaïs me ramène au présent.

Devant nous, sur la place, la grande porte est ouverte. Les hommes commencent à sortir, par grappes. Thaïs salue de la main l'un ou l'autre, au passage. Ils répondent par une exclamation, une phrase qui glisse, s'étire, chantante. Tout le monde parle fort. Un brouhaha mêlé de musique. Des voitures à l'arrêt, vitres ouvertes, autoradio et musique entraînante. Ce qui me frappe, ce sont les sourires, les rires, le côté joyeux de cette sortie d'usine. Est-ce parce qu'il fait chaud qu'ils ont tous l'air en vacances ? Les tee-shirts colorés, les sandales qui laissent les pieds à l'air ? Ils discutent, s'interpellent, ne sont pas pressés de partir. Je cherche sur les visages les marques de la fatigue. Je vois les rides mais l'air semble glisser, tranquille, sur les peaux. Rien n'accroche.

Thaïs s'est approchée d'un groupe qui discute et elle nous désigne du doigt, elle parle avec cette vivacité qu'elle n'a que dans sa langue comme lorsqu'elle s'adressait au chauffeur de bus sur la route de l'aéroport. A un moment elle éclate de rire et un des hommes la prend par les épaules, affectueusement.

Moi, je me demande ce que nous faisons là, je suis à nouveau envahi par l'impression de tromper tout le monde. A nouveau le sale rôle de l'imposteur. Marcel, lui, s'est déjà avancé vers le groupe, sur un signe de Thaïs. Les hommes lui tapent sur l'épaule. Je m'approche aussi, je chasse l'impression pénible. Je ne trompe personne. Je veux juste les connaître, c'est tout. Rencontrer ceux à qui le travail qu'on nous a enlevé a été offert. Ceux qui, sans le savoir, ont semé la panique dans plein de petites familles françaises laborieuses.

Thaïs dit que l'un d'eux propose que nous allions chez lui boire un verre et parler de João de Monlevade.

Et nous voilà marchant ensemble sur le trottoir, dans les rues. Certains se sont éloignés, une accolade et ils partent vers chez eux. Vers leur femme, des enfants. Ici comme ailleurs.

Reste un petit groupe de quatre, dont l'homme qui nous a invités. Ils prennent soin de nous sourire, de poser une main sur notre épaule et de nous adresser quelques mots facilement compréhensibles sur le chemin. Nous répondons du mieux que nous le pouvons et Thaïs pourvoit au reste. Elle traduit en souriant, en riant, et j'en arrive à me dire que sa tristesse de la veille, je l'ai rêvée. Cette fille semble parfaitement bien dans sa peau. Pourtant quelque chose en moi dit "Trop bien peut-être !"

L'un des hommes s'adresse à moi. Il montre la robe de Thaïs :
— Les Françaises, elles sont toutes habillées comme ça ?
Thaïs a traduit et attend ma réponse, l'air amusée.
— Non, elles sont moins… moins…
C'est Marcel qui finit la phrase :
— Moins élégantes !
Et voilà. Il a dit exactement ce qu'il fallait. Elle traduit en riant mais en arrivant chez Ronaldo qui nous ouvre la porte de son appartement, elle s'approche et me murmure, ironique :
— Moins quoi, Antoine ? vous me le direz ?
Je fais un signe de tête. Moins quoi ? si je le savais moi-même, oui, je le lui dirais…

La femme de Ronaldo est petite, ronde. Elle porte un short rouge et un tee-shirt blanc constellé de petites étoiles, rouges aussi. Ses rondeurs lui gardent un air presque enfantin. Elle ne semble pas surprise de notre arrivée en groupe. Elle embrasse tout le monde.
Je prends conscience dans l'effluve de son parfum très doux, sucré, en quelques secondes, que c'est la première Brésilienne dont j'approche la peau d'aussi près. Un petit choc au niveau du plexus, une envie diffuse qui irradie immédiatement dans tout le corps.
Je me sens vivant. Et même si c'est par le manque, je me sens vivant.
Elle sort les verres, et les bières bien glacées. Ronaldo et elle ont l'habitude de recevoir les amis,

ça se voit. Les trois autres ont déjà pris leurs aises, les enfants sont venus et saluent tout le monde. Nouvelles embrassades. Ils ont l'odeur de la peau de leur mère. Je me laisse peu à peu gagner par l'atmosphère chaleureuse qui règne, simplement. Pas d'arrière-boutique dans la tête de ces gens. Je ferme la porte de la mienne.

Nous trinquons. Les nouvelles de l'usine sont bonnes. Le groupe a beaucoup investi au Brésil et apparemment personne n'a peur de perdre son boulot. Nous trinquons à nouveau. Ici, la vie va bien. Est-ce que c'était comme ça du temps de mes parents ?

Thaïs leur a raconté que j'écrivais un livre sur João de Monlevade. Ils sont curieux de savoir où j'en suis. Et je leur parle de mon Jean de Monlevade à moi. Je leur raconte tout ce que j'en ai appris. Pour eux, sa vie commence ici, au Brésil. Ils ne connaissent rien de son enfance française. Ils m'écoutent avec attention, même les enfants ont cessé leurs jeux autour de la table. Il y en a un qui a grimpé sur les genoux de Marcel, un bras autour de son cou. Bientôt on n'entend plus que ma voix et par le balcon les bruits de la rue, vrillés de temps en temps par un klaxon.

Leur attention me fait vibrer.

Une chaleur au fond de moi qui grandit.

Et les images que j'ai créées en découvrant la vie de Monlevade qui me reviennent, précises, vivantes aussi.

Je retrouve l'état intense que j'ai vécu au bord de la mer. Jean de Monlevade, c'est moi, dans ma part

la plus secrète et c'est chacun d'eux aussi bien. C'est le héros d'un conte dans lequel nous pouvons tous nous glisser.
Quelqu'un qui ose partir.
Tenter l'aventure de sa vie. Ailleurs.
Ce que je fais là c'est bien plus que retracer l'enfance du père de la sidérurgie brésilienne, c'est faire vibrer la part de désir fou qui habite chaque vie, la mienne, la leur. Je le sens en même temps que je parle. Je touche au plus profond de quelque chose qui nous rend vivant. Je suis habité.
Je raconte.
Peu à peu les images prennent une densité qu'elles n'avaient pas encore. Les mots viennent, rapides, sûrs.
Je partage.
Je partage ma vision avec ces gens que je ne connaissais pas il y a une heure. Cette chose de moi, concoctée dans l'intime de mes images, je peux la partager. Avec eux. Et le mot "fraternité" revient, il est là, joyeux. Je suis en lien avec ces gens plus fort que je ne l'ai peut-être jamais été avec ceux que l'on appelle "ses proches". Ce qui nous lie si fort en cet instant, c'est juste le partage d'une vision entre êtres humains. Je déroule la vie que j'ai rêvée pour Jean de Monlevade quand j'étais au bord de la mer. Le château, les hautes fenêtres.
Je raconte. L'exaltation qui m'a gagné me donne des ailes.
Comme devant les gars de Lusine, en France, je suis gagné par cette vague qui me transporte, me fait trouver les mots justes. Je suis heureux.

Et j'entends alors que ma voix est relayée par celle de Thaïs. Je ne m'en étais même pas rendu compte au début mais Thaïs s'est calée sur mon rythme, depuis le début.
Je raconte. Deux ou trois phrases. Et elle enchaîne sur une pause.
Comme si mon souffle passait de moi à elle, naturellement. J'entends ce que mes mots deviennent dans sa bouche.
Je sais, je sens, qu'elle reste au plus près de ce que je dis, restituant chaque image. Son visage est sérieux. Elle est tout entière prise par sa tâche. Quand je parle, ses yeux sont fixés sur moi. Son regard m'absorbe. Elle absorbe mes images pour les faire siennes. Puis elle se tourne vers les autres, alors c'est moi qui la fixe. Elle traduit et sa voix cherche les mots justes, je l'entends au suspens parfois entre deux mots, et elle trouve.
C'est un pas de deux entre nous.
Quand sa partie s'achève, elle se tourne légèrement vers moi, m'invitant à poursuivre, et je poursuis. Je continue.
Elle, la première, voit les images. Dans ma langue. Moi, je suis Jean de Monlevade courant sous l'orage, comme un fou, je suis Jean de Monlevade discutant avec son ami brésilien et elle me voit, dans ce que je suis de plus intime, de plus juste, de plus vrai.
C'est une connivence que je n'ai jamais connue, née dans cet appartement, par le jeu de la traduction.

Quand je me tais, au bout de mon récit, il y a un moment de silence puis les exclamations fusent. On trinque à nouveau. *Saùde !*
Les hommes me remercient de leur avoir raconté tant de choses qu'ils ignoraient, et Valentina, la femme de Ronaldo, applaudit. Je regarde Thaïs, elle semble encore ailleurs et je me rends compte de la concentration qu'il lui a fallu pour me suivre. Elle lève son verre en me regardant droit dans les yeux. Je lui rends son regard.

Notre hôtesse est revenue de la cuisine avec des *"pikipiki"*, c'est le mot que je retiens, et elle fait signe qu'on les mange directement dans le grand plat qu'elle pose au centre de la table. Ce sont des petits beignets. Je leur trouve le goût délicieux de ceux de Fatoumata, au marché. J'ai une pensée pour elle. Elle aussi aurait sa place ici, j'en suis sûr. Nous mangeons, nous buvons et tout le monde parle.
Raimundo, un grand gars à la peau cuivrée, aux traits marqués, comme sculptés dans la terre rouge, prend la parole. Sa voix est pleine, sans à-coups. Les autres écoutent. Et Thaïs se met à nouveau à traduire. Il raconte.
João, arrivant au Brésil, partant en mission, parfois durant des mois, pour trouver le meilleur lieu où s'installer. Raimundo a lu les comptes rendus que João écrivait à sa hiérarchie. Ils sont consignés dans des archives et, se tournant vers moi, il indique que je pourrais les consulter aussi. Il me montrera. Je réponds *"obligado"* et tout le monde sourit. J'aime

entendre cette langue comme Jean de Monlevade l'a entendue en arrivant.
Thaïs traduit toujours et sa voix qui s'ouvre sur les voyelles, qui accentue certaines syllabes donne aux mots, en français, quelque chose de dense, de charnu, qui me ramène aux plantes inconnues dans le jardin de la pousada. Je rêve. J'essaie juste de capter comment les sons se groupent en mots, comment se découpe la langue. J'essaie de deviner le sens avant que Thaïs ne traduise.
Mais un mot me frappe l'oreille. Je guette. C'est bien ce mot qui revient dans la bouche de Thaïs. Et si sa façon de le prononcer en français lui donne une langueur suave, c'est à une réalité barbare qu'il me renvoie.
Esclaves.
João de Monlevade a d'abord travaillé avec des esclaves, quand il est arrivé ici.
Des esclaves ? Je jette un regard à Marcel. Des esclaves ?
J'interromps Raimundo pour me faire confirmer ce qu'il vient de dire.
Marcel hoche la tête Et qu'est-ce que tu crois ? C'était l'époque, Antoine !
Ce n'est pas possible !
Je ne peux pas imaginer celui avec qui mon rêve fait corps en esclavagiste.
Mon vieil ami profite de la pause que je viens de créer pour lancer le pavé dans la mare :
— De toute façon, aujourd'hui on en est où ? L'esclavage consenti, c'est mieux ?

Thaïs traduit les paroles de Marcel après un léger temps, perplexe. Il nous aventure sur un terrain difficile.
Sa remarque a jeté un froid.
Notre hôtesse nous secoue tous par son rire. Eh quoi ! on n'est pas des esclaves ! on est libres, nous ! C'est pas la même chose. Et elle retend le plat en montrant qu'à la cuisine il y en a d'autres. Comme si l'abondance de la nourriture venait corroborer sa confiance dans la liberté de leur vie.
Je jette un coup d'œil à Marcel, qu'est-ce qui lui prend ? Je lui en veux presque, comme hier soir, de remettre brutalement la réalité de Lusine en pleine lumière. Pourtant je ne l'oublie pas. Je pose la main sur le carnet de mon père, dans ma poche. Tout est là.
Raimundo reprend en insistant : l'abrogation de l'esclavage a porté un coup, en France c'était en 1848, même si le Brésil a été le dernier pays à abolir vraiment l'esclavage, João de Monlevade, lui, a bien dû continuer à faire travailler les autres, avec d'autres règles. L'esclavage était fini et bien fini !

Mais Marcel ne lâche pas. Quelque chose s'est levé en lui. Sa voix est nette, tranchante. C'est étrange de l'entendre parler du statut des ouvriers dans le monde, avec cet enfant sur ses genoux qui le regarde et suit avec curiosité les sons d'une langue qu'il ne comprend pas.
Marcel insiste sur la difficulté grandissante pour tout le monde à trouver du travail, à s'y maintenir. Il dit

les concessions pour rester dans ce qu'on appelle "l'emploi". Les concessions vitales qu'on finit par faire. Sur son temps de vie, sur sa liberté, sur sa dignité. Et pour quoi au bout du compte ? Qu'est-ce qu'on gagne de sa vie ? Je retrouve le Marcel qui m'a abreuvé de lectures dans sa maison. Le Marcel que l'amour de la liberté a gardé droit. Ici comme devant son étal au marché.

Thaïs traduit mais je remarque qu'elle évite le regard de Marcel. Elle a du mal. Ces paroles la heurtent. La violence qu'il décrit pourtant est juste. Ici, ils sont épargnés mais ils savent par la vie de leurs parents, de leurs grands-parents, ce qu'est la lutte âpre, la misère. Les têtes se détendent quand les conditions de vie sont meilleures mais rien ne s'oublie. La mémoire de leurs muscles, de leurs articulations, les relie encore à l'ancienne souffrance du labeur.
Marcel en arrive à Lusine, chez nous. Le même groupe qu'ici. Les mêmes actionnaires. Les mêmes intérêts. Pas la même vie pour les ouvriers. Valentina a essuyé les mains et la bouche des enfants, puis elle s'est rapprochée de son homme, les coudes sur la table, la tête sur les mains. Je me rends compte que Thaïs a cessé de traduire. Quand s'est-elle arrêtée exactement ?
Elle murmure Je ne pensais pas que les Français en Europe, ils étaient si mal traités. Je croyais que c'était les pays du tiers-monde, ça !
Marcel s'est tu. Il murmure Le tiers-monde, le quart-monde, et bientôt quoi… plus de monde du tout… on ne peut pas continuer à diviser comme ça…

Thaïs se tourne vers moi, elle dit Je suis fatiguée, je crois, je n'arrive pas à tout comprendre…

Je suis sûr qu'elle comprend tout. Et très bien.

Elle se lève en s'excusant, il va falloir retourner à la pousada. Sa tante va s'inquiéter de savoir où sont passés ces chers *"Franceses"*. Raimundo rit et lance une phrase qui fait rire aussi tous les autres. Il dit que ma tante sait faire rentrer tout le monde à l'heure, et d'abord son mari ! Thaïs ajoute C'est la réputation de ma tante. Une femme maîtresse comme vous dites.

Marcel la reprend Une maîtresse femme, chère Thaïs. Une maîtresse femme. L'ordre des mots, c'est parfois toute une philosophie…

Nous levons une dernière fois nos verres avant de prendre congé de nos hôtes. A Jean de Monlevade ! Marcel trinque et me murmure A ceux qui osent aller plus loin ! A ton voyage, Antoine !

Ce soir-là j'ai montré à Marcel le carnet de mon père. Je lui ai montré les jours de rien. Je lui ai montré aussi le bateau.

Il était aussi ému que moi.

Il a dit C'est bien ça, la force d'un être humain. Etre capable de savoir le rien, le connaître jusque dans sa chair et traverser, continuer à avoir des rêves. Toi aussi, Antoine, tu sais ce que c'est.

— Moi... j'ai toujours eu peur de ne pas traverser. De rester coincé en route. Dans l'attente.

— Ah... soupire Marcel, savoir attendre, c'est une drôle d'affaire. ça s'apprend, supporter le "temps mort", c'est tout un art...

— Ça fait peur...

Marcel a tendu son verre. Je l'ai resservi.

Thaïs en rentrant avait filé, silencieuse. Mais avant de nous laisser dîner, elle nous avait montré, dans le réfrigérateur de la cuisine, une bouteille de vin mise au frais. Pour discuter sur la terrasse, la nuit, c'est bon ! avait-elle glissé... J'aurais voulu la retenir un peu, savoir ce qu'elle pensait vraiment de l'usine, du travail, mais elle savait très bien esquiver, l'air de rien, et toujours avec le sourire.

Marcel a bu lentement.

Mes pensées revenaient à Thaïs. Où filait-elle comme ça, tous les soirs ? Et moi, dans quel coin de ma tête j'essayais de fuir le mot "peur" que j'avais prononcé et dont le son même vidait l'air de ma poitrine.

On avait toute la nuit pour en parler si on le voulait, avec Marcel. On regardait le ciel. On s'est tus un long moment puis la voix de Marcel est revenue, basse, comme un murmure pour lui-même, mais distincte dans l'obscur.

— Oui, ça fait peur, le temps mort. Pourtant c'est dans ce temps-là, où en apparence il ne se passe rien, que tant de choses en nous se ramassent, pour prendre forme… Regarde, si tu n'étais pas parti te morfondre au bord de la mer, tu serais là aujourd'hui ? Le temps mort, là-bas, tout seul, tu l'as supporté. Aujourd'hui tu es ici.

— Et toi Marcel, le temps mort ?

— Oh là oui, je l'ai traversé. Et je le traverse de plus en plus souvent, Antoine. Presque tous les jours maintenant. Au début, quand j'étais jeune, je pensais qu'il y avait des causes. La mort de Lucile, bien sûr, et d'autres "bonnes raisons"… mais bientôt j'ai senti que ça venait en dehors de toute cause, ce temps vide, difficile à passer, un temps où le fait de vivre c'est pas évident, c'est pas donné, non. On sent que du temps passe, que de la vie passe, en nous, et c'est étrange d'en prendre conscience et de n'en rien faire. Rien. Juste "passer le temps" comme on dit… J'ai toujours eu beaucoup d'admiration pour les vrais oisifs, ceux qui arrivent à ne rien faire sans se détruire… Tu vois, moi j'ai des passions, les livres, ça me sauve… je traverse mes temps morts avec des gens qui ont œuvré pour ça, ceux qui ont écrit… je les aime et je leur suis infiniment reconnaissant du temps passé devant leur table… ils m'aident à traverser. Et qu'eux soient morts ou vivants, ça n'a plus aucune importance. J'ai le livre en main et c'est du carburant pour ma vie à moi. C'est pour ça que j'en fais le commerce, je ne connais pas de meilleur commerce.

J'ai écouté Marcel et ça me faisait du bien. Quand il me parlait de lui, il parlait de moi aussi. Moi je n'ai pas eu la chance d'avoir une passion maîtresse. Une vocation comme Loïc. Une cause à défendre comme Lucas. Des enfants à faire grandir dans la promesse d'un avenir meilleur comme ma mère ou Fatoumata. Je revoyais les filins auxquels mon père s'accrochait le soir… je n'avais même pas eu de rêves en modèles réduits…

Ce que j'avais moi, c'était quelque chose dans le corps qui me prenait tout entier. Un élan. Une rage. Ça m'avait fait courir. Ça m'avait fait me lancer à "corps perdu" comme on dit dans l'amour avec Karima. Ça m'avait fait prendre la parole, explosive, devant les camarades.

Ici, il se passait autre chose. Je me détendais et je me ramassais en même temps. La peur me tombait des épaules. Restait mon intérêt pour les autres, tous les autres, ceux d'ici et ceux de Lusine, là-bas, en France. Je pensais aussi à ceux d'ailleurs, dans le monde.

J'ai laissé l'air frais rentrer à nouveau dans ma poitrine. Oui, j'étais heureux d'avoir fait le voyage, d'être ici. Plus rien ne serait pareil désormais et c'était ce que je voulais. Ce que j'avais cherché.

Je me rappelais les paroles de Lucas.

— Marcel, je ne sais pas bien où j'en suis. Je me sens bien. Comme jamais je ne me suis senti bien. Pourtant, quand je pense à Lucas, aux camarades, il y a une gêne. Je me sens petit, mesquin, juste occupé de mon nombril…

— Bour-geois, c'est ça ?

Il avait bien détaché chaque syllabe et ça faisait tomber le mot par terre, inutile.

— Un peu, oui…

— Tu n'en es plus là, Antoine. Bourgeois, pas bourgeois… c'est pas là que ça se passe… les étiquettes élimées, tu sais, quand on touche à l'essentiel, ça part au lavage… Tu te sens, Antoine. C'est tout. Tu te sens. Et point. Pas besoin d'adjectif derrière. Tu respires. Tu oses être juste là, présent. Tu crois pas que c'est important, ça ?

— Et les autres ?

— Les autres, tant que toi, tu n'es pas vraiment dans ta vie, les autres, eh bien tu crois que tu fais des choses pour eux mais c'est tripette, mon gars... tu te cours après à travers eux et tu te rattrapes jamais... alors crois-moi, s'arrêter, traverser le temps mort, ça vaut le coup...

— Si Lucas était là, il dirait que c'est un luxe que tout le monde ne peut pas s'offrir !

— Lucas, il fait comme il veut, et toi aussi. Lucas, son temps mort, il l'a peut-être déjà traversé il y a longtemps et il sait où il est, ou alors lui aussi il se court après à travers les camarades, tu n'en sais rien, c'est son affaire. Mais pour soi, Antoine, pour soi, on peut essayer de savoir, de sentir. Laisse Lucas où il est et sois à ta place à toi. Et puis si ça peut te rassurer, tes folies de bourgeois, elles vont s'arrêter bien vite. Tu sais bien que quand tu rentreras tu auras dépensé tout ton argent et que tu le prends, ce risque-là, celui de te retrouver sans un sou et sans boulot par-dessus le marché ! Lucas, il en prend d'autres, de risques, en restant. C'est peut-être la seule chose qui fait de nos vies des choses singulières dans le fond, le choix du risque qu'on vit... Chacun le sien. Une chose est sûre. Sans risques, on ne vit pas.

J'ai laissé les paroles de Marcel prendre la nuit, se densifier comme des petits cailloux que j'aurais pu glisser dans le creux de mes poches. Pour la suite.

Pour la première fois je me suis demandé ce que j'allais faire après. Après le Brésil.

Le risque que j'avais pris ne me faisait pas peur. Il me donnait de la force.

On a continué à boire tranquillement, dans la nuit, sur la petite terrasse de Marcel. On avait laissé le silence s'installer.

Il y a dans la vie des oasis, des îles.

On est bien. Entre nous et le monde, ça va. On est vivant, et on partage avec un autre être vivant cette chose toute simple : respirer le même air, sentir le monde par la peau. Sans paroles.

Avec Karima je n'avais jamais connu de semblable oasis et je me suis rendu compte que ça avait manqué. Karima avait toujours besoin de paroles, même quand les mots justes avaient été prononcés. Moi pas.

Cette nuit-là je me suis promis que si j'aimais à nouveau une femme, il faudrait qu'il y ait cette entente. Silencieuse.

Dans les jours qui ont suivi j'ai décidé d'en savoir plus sur l'histoire et l'économie, la vie des autres. Je me suis procuré des documents d'archives sur Jean de Monlevade. Comment avait-il pu faire travailler des esclaves sans que cela le heurte ?
Comment peut-on asservir un être humain ?
La rage de Marcel quand il avait parlé de l'esclavage consenti, je la ressentais aussi.
Je repensais à Lusine et au "groupe" qui décidait des investissements. Un jour on apporte la richesse quelque part, une source de travail, de bien-être pour une population, comme ici, en ce moment. Un autre jour ailleurs. Et la misère qu'on laisse derrière, elle n'est pas cotée en Bourse. Ici ils ont un président qui sait ce que c'est, le travail. Ils se sentent protégés, les gens que nous avons rencontrés. C'est une illusion dans ce monde "globalisé" ou la politique peut-elle vraiment influer sur la façon de traiter les travailleurs ? Les paroles de Marcel me revenaient :

L'économie, étymologiquement, c'est la gestion du ménage, de la maison. Tu vois un peu où on en est. Elle est grande la maison, maintenant, avec la mondialisation ! La maison monde.

Tu connais le vieux proverbe Qui trop embrasse mal étreint, eh bien on veut embrasser plus large que nos bras… ça ne peut pas marcher. On ne gardera dans les bras que ce qui est gros et tout ce qui est trop petit, ça filera se perdre… va savoir où… Les groupes comme celui de l'acier, bien sûr qu'ils sont dans des bras puissants, tu parles ! gros gros et toujours plus gros… Les gens d'ici croient qu'on s'occupe d'eux, vraiment… et ils n'ont pas complètement tort. Tant qu'ils sont utiles.
Ils vivent décemment. Tu as vu l'appartement l'autre jour. Confortable. Propre. Les mômes vont à l'école. Ça roule. Et pourtant, toute cette vie est suspendue à ce qui se passe en Bourse… mais ils l'ignorent ou préfèrent l'ignorer tant que ça roule, et en France on a fait la même chose… tant que ça roulait…
A l'époque de Monlevade les choses étaient plus tranchées. Les esclaves se savaient esclaves.

Je sentais qu'ici ma pensée à moi prenait forme, singulière. Je sentais une force qui me venait, à travers toutes mes lectures, les conversations, le temps passé à réfléchir. Ça passait par le corps. Ici, mon corps se réveillait et ma capacité à entrer dans les questions s'aiguisait. J'avançais.

J'avais besoin de Thaïs pour traduire les documents. Elle a accepté.

Nous avons passé des heures studieuses ensemble. J'aimais sa présence, silencieuse mais vive. J'aimais sa façon d'entrer dans cette langue qui était la mienne et que je redécouvrais au hasard de sa prononciation, de l'accent qu'elle mettait parfois sur une syllabe. Ma langue me surprenait. Je l'entendais autrement dans sa bouche et j'aimais.

Marcel a commencé à trouver ses points de repère dans la ville. Il sortait tout seul se promener quand il se sentait prêt à affronter la chaleur. Il avait fait la connaissance d'un homme qui vendait des statuettes de stéatite, l'artisanat local, et il s'était pris d'intérêt pour cette matière extraite des carrières proches. L'homme avait aussi en sa possession parfois des objets coloniaux anciens et Marcel passait pas mal de son temps à s'en faire expliquer l'histoire. Il apprenait à regarder les choses d'ici. Il me disait qu'il fallait aussi apprendre à regarder autrement. Et moi je pensais qu'on était en train de se refaire à neuf.

J'ai commencé à avoir besoin d'écrire. De plus en plus. Pour moi. Pour celui que j'avais été. D'abord j'ai pris des notes. J'ai joué au biographe que je n'étais pas. Mais le sentiment d'imposture peu à peu m'a quitté. J'utilisais un stratagème, c'est tout. L'imposture, c'était quand j'essayais de me faire croire à moi-même que j'étais là où rien de moi ne pouvait être.

Thaïs, où était-elle ?

Il m'arrivait de la sentir complètement là, découvrant elle-même tout le travail de Monlevade avec passion. A d'autres moments, elle était fuyante, même si elle gardait une apparente disponibilité. Ça m'agaçait.

Elle ne pouvait pas me donner le change. Je connaissais trop bien la musique. Pratiquement tous les soirs, son amoureux l'appelait. Elle s'isolait. J'avais appris à guetter sur son visage, dans son corps, l'attente de la sonnerie. Je l'enviais et je la plaignais à la fois. Ce Waldo, bien sûr, j'imaginais qu'il avait dans sa vie l'exacte place que Karima avait eue dans la mienne. J'aimais me rendre compte que je pouvais maintenant passer de plus en plus de temps sans penser à Karima. Du temps libre. Je le voulais, ce temps-là.
Un espace à l'intérieur de moi dont j'élargissais les bords.

Dans les rues, avec les inconnus, j'allais vérifier chaque jour que le sentiment si fort de fraternité qui avait gonflé ma poitrine était toujours opérant. Une sorte d'exercice de vie.

Je sortais et je faisais le vide. Peu à peu je laissais les visages venir me cueillir là où moi j'étais confiant, semblable. Et cela opérait.
Chaque jour.
C'était ma prière. Juste humaine.
Une prière peuplée de regards, de fronts, de bouches souriantes ou simplement closes sur la vie qui agit en chacun, silencieuse, mystérieuse. Une prière que j'osais ici, sur cette terre étrangère.

Je marchais.

Je retournais à la sortie de l'usine. J'avais envie de rencontrer encore et encore ces ouvriers qui avaient l'air heureux de vivre et de travailler. Comme si cela pouvait équilibrer ce que je savais de la misère annoncée de mes camarades. Je faisais des provisions pour un retour mais quoi en faire au retour. J'appelais mes parents d'une cabine, rapidement, avec une carte, c'était moins cher que le portable, et je leur racontais des petites choses d'ici. Je leur disais que tout allait pour le mieux. Et ce n'était pas faux.

Maintenant parfois j'appelais aussi Loïc. Son projet de départ se précisait. J'aimais l'entendre.

Je marchais. Je sentais qu'un nouvel ordre de vie était en train de réagencer toutes mes perceptions.

C'est ça, une révolution ?

J'ai posé la question à Marcel un soir. Il a hoché la tête.

— Pendant longtemps tu sais, Antoine, j'ai cru que la révolution, c'était tout le monde ensemble, à la même heure, au même endroit. Le grand soir ou le grand matin. Et puis j'ai compris que c'était solitaire, ce qui se passait vraiment. A l'intérieur de chacun. Et ça, ça ne peut pas se faire tous ensemble, à la même heure. C'est dans chaque vie quelque chose de possible, on y va ou on n'y va pas. Après, si on peut, on se rassemble avec les autres… Toi, c'est ici que ça se passe mais ça avait commencé déjà. Au marché déjà…

Je repensais aux restes d'habitat près de l'autoroute, au sentiment terrible qui m'avait envahi alors. Un vertige. Oui, il avait raison, Marcel, ça avait commencé déjà.

Nous avions pris l'habitude d'entrer dans la nuit ensemble. Sur sa terrasse, une bouteille fraîche de vin posée sur la petite table près de nous, on continuait ce qui avait commencé dans sa maison.
Il m'enseignait.
C'était le premier vrai enseignant que je rencontrais.
J'avais confiance.
Il me parlait et rien en moi ne faisait barrage à ses paroles. J'avais confiance. Il ne cherchait rien. Il me transmettait ce qu'il avait passé sa vie à apprendre, à réfléchir.
Je me disais que j'étais un héritier fabuleux dans la nuit du Brésil. Ce pays et les paroles de Marcel sous les étoiles, c'était comme dans les contes, un passage magique.
J'avais l'impression que je pouvais tout comprendre.
L'esprit ouvert.

Marcel revenait toujours sur la question du travail organisé de l'homme par l'homme. Il faisait des comparaisons avec les bêtes ou les hommes préhistoriques.

Nous, nous n'avions à échapper à aucun prédateur pour survivre. Nous n'étions pas non plus à la chasse ni à la cueillette. La civilisation, c'était que nous étions organisés. Organisés.

Moi, en l'écoutant, je rêvais à partir du mot. Organisés. Organe. Notre corps est fait d'organes. Je ne sais plus où j'avais lu que la peau était un organe aussi. Je rêvais au sang qui relie toutes les îles à l'intérieur de nous. Maintenant j'osais dire tout haut ce qui me venait. Marcel ne me prenait pas pour un égaré. Il m'écoutait. Tranquillement. Il entrait dans mes images, ma langue à moi. Il parlait de l'histoire des hommes et moi j'égrenais mon nouveau poème en contrepoint. On se comprenait.

Une nuit on a parlé du désir. Ou plutôt de la mort du désir.
Comment le travail fou peut tuer le désir, la vie d'un homme. Comment la chasse au travail peut remplacer tout désir. Comment le corps d'une femme peut devenir rien. Rien. Marcel avait de la colère dans la voix.
— Tu sais, Antoine, on parle du temps qui tue le désir. Il a bon dos, le temps ! Moi je vois des jeunes au marché, ça fait pas longtemps qu'ils sont ensemble, un an ou deux peut-être, et le désir a foutu le camp. Trop de soucis. Trop de stress, comme on dit. Les choses pas à leur place. On leur a appris à désirer tout et n'importe quoi : une marque de café, un poste de télé, une console de jeux… comme si le désir se diffractait en milliers de petites choses à acheter. Ça ne fait pas de lumière. Tu comprends, Antoine, ça ne fait pas

de lumière. C'est comme un feu d'artifice qui ne prend pas, tu as déjà vu ça, hein ? ça part et puis ça retombe, ça ne monte pas jusqu'en haut, ça n'éclate pas, pas de lumière…

Il a continué plus bas.

— Ça ne fait pas de bruit non plus, va, dans une société bien huilée, la mort du désir. La mort ne fait jamais de bruit. C'est la vie qui en fait. La vie, ça bouge, ça met en risque. Le désir, c'est la vie. Mais tu vois tous ces jeunes laminés à vingt-cinq ans, ils ne font pas de bruit, ils cherchent à croûter, c'est tout. Ils sont déjà morts.

J'ai eu l'image de cette mort du désir. Pour la première fois j'ai laissé venir

Le regard de Karima loin, posé sur un paysage où je ne suis pas

Les doigts de Karima, abandonnés sur le dossier de ma chaise, ne cherchent pas mon épaule

Karima, loin, dans l'ennui, joue avec des miettes de pain, devant son café

Je me tais

Elle n'est plus là

Ma peur, immense soudain.

Mon désir à moi, il peut mourir ?

Marcel parle. Je m'accroche à ses paroles. J'ai peur du vide à l'intérieur de moi. C'est pire que désirer sans qu'elle y soit.

Elle avait incendié ma vie. Et maintenant ?
Je bois le vin frais
Je sens le goût du vin
Mon corps est là
Je sens la fraîcheur de la nuit
sur ma peau
quelque chose
de bon
à nouveau
La voix de Marcel
Des mots qui me disent
que je suis
vivant
Vivant
Seul
Et vivant pourtant
Le désir, il est où ?

Me reviennent par éclats les seins d'une jeune femme croisée dans la rue, les pointes sous le coton rose vif du tee-shirt ; une autre, moulée dans un short si court qu'on voyait apparaître le pli en haut de la cuisse, la courbe de la fesse. L'envie de caresser, elle est bien là, dans mes mains.

Les paroles de Marcel me rejoignent.

— J'ai toujours aimé les fous, Antoine. Les décalés, c'est les seuls qui lui laissent la place, au désir. Dans le décalage, c'est là. Je me méfie des gens trop bien installés, riches ou pauvres, dans leur peau, garantie cent pour cent tranquilles. J'aime pas les cimetières ambulants. La moitié des gens sont déjà morts. Tu vois, au marché, j'ai appris plein de choses. Combien j'ai de clients, moi, sur tous ceux qui achètent au marché ?... même pas dix pour cent ! Ceux-là en plus des carottes et des pommes de terre, il leur faut une épice, le goût de quelque chose d'autre. Ils viennent le chercher dans les livres. Sinon ils savent bien que toutes les carottes du monde, même bio, et tous les steaks, ça ne servira pas à grand-chose pour traverser les jours. Dans les livres, il y a le décalage. La place pour le désir.

Karima qui lisait tout le temps. Je l'avais trouvée ardente. C'était là qu'elle la trouvait, son ardeur ?

Marcel m'a resservi du vin.
— Tu vois, Antoine, une qui m'intrigue, c'est Thaïs. De la vie, elle en a, cette fille, à revendre ! j'en suis sûr mais c'est comme s'il fallait qu'elle la cache, tout le temps. Je me demande ce qu'il y a derrière. Depuis le début. Depuis que je l'ai vue à l'aéroport avec ses vêtements... remarquables.

J'ai bu le vin frais. J'ai revu Thaïs concentrée sur ce que je disais, traduisant. Ça, je n'en parlais pas, c'était une expérience, une sensation trop étonnante. Un souvenir secret. Merveilleux. Quelque chose à quoi je ne touchais pas trop. Peur de l'abîmer. Le premier souvenir heureux avec une femme depuis Karima. J'ai grommelé :
— Tu sais qu'elle fout le camp, régulièrement, la nuit ?

— Ah ! toi aussi tu la guettes ?
— Je ne la guette pas ! je la vois, c'est tout !
Marcel a ajouté :
— Elle revient tard. Parfois je me suis endormi et je ne sais pas…
— Chut, regarde, la voilà !
La silhouette filait, comme d'autres nuits.
— Suis-la, bon sang, Antoine ! Vas-y !
— Mais…
Marcel avait attrapé mon bras, il le secouait :
— Vas-y, je te dis ! crois-moi ! je suis sûr ! Faut que tu y ailles !

Etait-ce le vin, la nuit, la conversation ou le souvenir de la fluidité de la voix de Thaïs qui se liait à la mienne ? Je me suis levé. Je l'ai suivie.

Je n'avais jamais suivi personne de ma vie. J'avais vu des films. Plus que des images, ce sont des bruitages de pas qui me revenaient. Mes baskets étaient silencieuses. Pas ses escarpins. Je suivais le rythme de ses pas.

Chevilles
Dos
Nuque
Mèches glissées dans le cou
Thaïs

Quelque chose en moi se réveillait à la suivre. Le corps aimanté par celui de cette fille qui marchait devant moi. Tous les sens en alerte. Une vigilance extrême aux moindres détails.
Ce n'était pas une traque.
C'était une approche.
Je voulais la découvrir, vraiment.

Je me sentais étonnamment libre dans l'obscurité trouée par la lumière des lampadaires. Ils avaient été plantés de façon irrégulière dans la rue. J'aimais

dans ce pays que tout ne soit pas tracé au cordeau. Il y avait de la place pour le manque, l'erreur, les lampadaires irréguliers, une fille qui s'habille en élégante des années 1950, avec des couleurs impossibles. Le vert acide de sa robe la distinguait facilement, devant moi.
Nous avions quitté le quartier de la pousada mais nous n'allions pas vers le centre de la ville. Elle partait dans des rues que je ne connaissais pas. Je n'essayais même pas de me repérer. On verrait bien quand il serait temps de rentrer… Est-ce qu'on est toujours obligé de rentrer dans une vie ? J'avais le sentiment de m'enfoncer dans une nuit, une histoire qui n'était pas la mienne et si je m'y perdais, après tout… pourquoi pas…

Nous arrivions dans un quartier où les jardins étaient plus vastes autour des maisons. Les demeures étaient anciennes, belles, je remarquais l'architecture, l'encorbellement des fenêtres, les linteaux des portes, mais l'ensemble était délabré, laissé à vau-l'eau. Ça se voyait à une gouttière qui s'affaisse, aux tuiles remplacées par des matériaux de fortune. Une impression de disparate. Mais le quartier était joyeux. La musique s'échappait des fenêtres ouvertes. On entendait des rires, des éclats de voix sur les terrasses. La vie nocturne ici comme partout dans la ville, toujours bruissante, animée.

Thaïs ne s'était pas retournée une seule fois. Je crois que si elle l'avait fait, cela m'aurait plu.

D'un coup c'est moi qui ai pris la décision. J'ai hâté le pas et j'ai siffloté pour ne pas la surprendre.

— Antoine ? Qu'est-ce que vous faites là ?

J'ai souri. La réponse était si évidente !

Elle a éclaté de rire

— Eh bien vous alors ! Quel culot ! mais qu'est-ce que vous voulez ?

J'étais prêt à rebrousser chemin soudain. Je me trouvais stupide. J'ai secoué la tête. Elle, elle souriait toujours.

— Vous êtes curieux... Venez, je suis arrivée.

Elle a sorti une clef de son sac. Nous étions devant une maison semblable aux autres de la rue, mais les volets étaient fermés. Ni lumière ni bruit.

Thaïs a ouvert la porte en murmurant avec tendresse C'est la maison d'Adrienne.

Je suis resté sur le seuil, j'ai bafouillé :

— Excusez-moi... vraiment... je ne voulais pas...

— Allez, venez, maintenant vous êtes là. Vous entrez.

Elle chuchotait toujours comme s'il ne fallait réveiller personne mais il n'y avait personne. Comme elle continuait à chuchoter à l'intérieur aussi, j'ai ressenti une gêne inexplicable, j'ai demandé à voix haute On peut parler normalement ? Elle a eu un mouvement de surprise Mais oui, bien sûr ! je ne me rendais pas compte, j'ai tellement l'habitude d'être seule ici...

Moi je mesurais qu'au Brésil je m'étais tellement accoutumé au bruit fort des voix, à la musique même tard le soir, que le silence complet dans une maison me renvoyait à la mort, direct.

Et j'avais envie de vie.

Cette nuit plus que jamais.

J'ai suivi Thaïs dans le couloir, dans l'escalier. Elle montait directement aux étages, sans se retourner. Cette fois, elle savait que je la suivais. Je regardais son dos, ses hanches. J'épousais son pas, marche par marche. L'escalier montait entre d'extraordinaires fresques, style art nouveau, peintes à même les murs, vieillies. Thaïs grimpait lentement devant moi, comme pour me laisser le temps de m'imprégner de chaque chose. Sur les parois, les scènes de barques au bord de l'eau succédaient à des paysages de forêts. Je la regardais et je l'imaginais dans chaque paysage. Des portraits en médaillons rythmaient chaque palier. Elle me parlait sans se retourner et c'était étrange ces mots qui partaient droit devant elle. Ça lui était égal que je les entende ou pas ?

— Vous êtes vraiment curieux, Antoine. J'avais remarqué que Marcel me voyait partir mais vous, je ne savais pas. Je ne veux pas qu'on sache que je viens ici. Personne à la pousada ne le sait. On peut avoir ses secrets, non ?

Je ne répondais pas. Je la suivais. J'ai juste dit, je ne sais pas pourquoi Mais puisque vous avez la clef… elle n'a pas relevé.

Tout en haut de la maison elle s'est arrêtée. Nous avions gravi quatre étages. Les murs sur ce palier étaient lisses, blancs. Il n'y avait plus qu'une seule porte, face à nous, basse, en bois foncé. On aurait dit la porte d'un grenier.

— Fermez les yeux, Antoine.

Elle avait lancé sa phrase toujours sans se retourner. C'était une étrange nuit et j'étais derrière une étrange fille. J'ai fermé les yeux.

J'ai entendu le bruit d'une clef dans une serrure puis la porte qui s'ouvrait. Thaïs m'a pris la main.

— Vous pouvez ouvrir les yeux !

Que dire de ce que j'ai vu alors ? J'étais sidéré. J'avais sous les yeux Thaïs en robe du soir, en manteau, en tailleur. Sa silhouette démultipliée, répétée et répétée encore par des mannequins, tous vêtus de ces tenues élégantes aux couleurs vives qu'elle portait toujours. L'éclairage faisait crépiter les roses, les orangés, les verts. Sur la tête des mannequins, posés hardiment, des chapeaux que je ne l'avais jamais vu porter. Brodés de perles, de plumes. Des écharpes jetées sur une épaule ou nouées en ceinture.

Un défilé de mode immobile, extraordinaire.

J'étais sidéré.

Je marchais entre les mannequins. Thaïs, silencieuse, me laissait faire. J'effleurais au passage les vêtements…

Taille

Hanche

Epaule

Je caressais du velours, de la soie. Le plaisir sous les doigts. La beauté. J'étais transporté. Comme pendant ces nuits où je marchais dans les rues d'une ville. Les tissus avaient des lignes sobres, qui mettaient encore mieux en valeur les courbes du corps. Il y avait dans ces vêtements une sensualité et une poésie incroyables. Un éventail incrusté au bas d'une jupe, une couleur inattendue sur une épaule qui cassait l'austérité voulue d'une robe. Je retrouvais dans ces modèles le sourire de Thaïs, une inventivité folle, quelque chose de joyeux et de solide en même temps.
Un art.

Je me suis arrêté devant une robe du soir. Le tissu aérien, d'un rouge profond, chaud, comme tenu juste par les courbes de la silhouette. Je ne pouvais plus en détacher mon regard. C'était un vêtement comme je n'en avais jamais contemplé. Créé non pour habiller un corps, mais le révéler.

Thaïs s'était approchée. Je sentais sa présence juste derrière moi.

Je me suis retourné.

Alors elle a accompli exactement les gestes dont je rêvais. Elle a fait glisser la fermeture de sa robe verte. La robe s'est défaite d'elle en un instant.

J'ai vu sa peau.

J'ai su que je toucherais sa peau.

J'ai fermé les yeux sans qu'elle le demande. C'était magique de sentir tout ce qu'elle voulait sans les paroles. J'ai attendu. Je l'ai entendue marcher.

Puis elle a posé la main légèrement sur mon épaule. J'ai ouvert les yeux.

Elle avait enfilé la robe rouge.

Et j'ai éprouvé le même sentiment que lorsque j'avais tenu entre mes mains les livres rares. Cette nuit, nous étions précieux.

Thaïs ne souriait pas. Elle me regardait. Vraiment. Je ne me dérobais pas.

Alors elle s'est mise à parler doucement. Tout en me regardant.

Elle disait des choses que je ne comprenais pas. Dans sa langue. Et je m'en foutais de ne pas comprendre. Je l'écoutais.

Paroles rouge profond Paroles qui m'approchent prennent mes mesures me font un vêtement.

Etoffe de la voix
Etoffe douce
Paroles de Thaïs qui m'habillent lentement
je quitte un vieux monde
j'entre dans l'habit nouveau de sa voix.

Les mots me viennent à moi aussi et peu m'importe qu'elle les comprenne ou non. C'est mon poème. Mes mots à moi se mêlent aux siens.

Je ne sais pas lequel de nous deux a posé sa main sur la peau de l'autre en premier. Je me rappelle son épaule nue, mon visage caressé par ses doigts. Je me rappelle le passage sous mes doigts du tissu à la peau, la sensation de sa nudité, extraordinaire, magnifique.

Mon attente et ma patience à la fois. Extrêmes. Toute ma vie aurait pu se passer là, au milieu des mannequins, à découvrir lentement la vraie Thaïs.

Ses gestes et les miens se liaient, sans heurt, comme sa voix prolongeait la mienne le soir où elle traduisait. C'était la même entente, venue d'où ?

Elle m'a conduit jusqu'au fond du grenier où des piles de tissus étaient pliées sur des étagères, les couleurs emmêlées, chatoyantes. Sur le sol, des corbeilles pleines de dentelles, de plumes, de rubans. J'ai pensé au camion de ma mère, aux caisses pleines que j'avais portées au marché. Tout était lié.

Thaïs a choisi les couleurs de cette nuit. Elle a étalé d'abord les velours, puis les cotons fins sur le vieux plancher. Je suivais chacun de ses gestes. Nous étions dans une caverne de douceur, offerts l'un à l'autre.

J'ai découvert la légèreté de ses cheveux, dénoués, ma main sous sa nuque élevait son visage vers le mien. J'ai découvert son visage, la finesse de sa peau. J'aurais pu caresser sans fin ce visage.

Paupières front à peine bombé grain de beauté entre les yeux à l'arête du nez

Je vois le frémissement sous les paupières

Bouche délicate charnue chaude laine rouge en plein hiver

J'ai embrassé Thaïs sur chaque parcelle du visage je me suis fondu dans cette bouche aux sons inconnus

Une petite cicatrice blanche sur un sein, je la suis du bout des doigts, la peau est vulnérable je l'embrasse, je vais doucement du grain très doux à celui plus doux encore autour des pointes qui se tendent.

Je caresse ses hanches, elle m'attire à elle, prend ma main, m'accompagne

La peau protège et livre à la fois, n'a pas de frontière

Mes mains ma bouche découvrent

La peau est une merveille qui respire, palpite, dévoile l'ossature du corps, présente et oubliée

Chuchotement de mes lèvres sur son ventre

Je parle peau

Je parle une langue archaïque secrète

Elle l'entend

Les yeux de Thaïs ne quittent plus les miens

Nos ventres épousent un rythme qui s'invente à chaque mouvement. Ensemble.

Entrer au plus profond d'elle est infiniment doux

Entouré de ses bras de ses cuisses

je sens chacune des pulsations qui l'entraîne l'ouvre

elle m'appelle

je la pénètre encore et encore désirante offerte

le plaisir nous emporte

loin

Nous nous sommes endormis souffles mêlés, peau contre peau.

Dans la nuit je me suis réveillé et j'ai à nouveau caressé le corps de Thaïs, doucement, les yeux fermés, pendant qu'elle dormait. J'apprenais à reconnaître, silencieusement, ce que j'avais découvert. Elle a pris ma main et l'a portée à ses lèvres. J'ai continué à la caresser sans savoir si elle dormait encore. Tout son corps frémissait. J'ai pensé à la nuit d'orage où je m'étais enfui, sous la pluie. J'ai pensé au fracas du train qui avait arrêté ma course. Je l'ai embrassée. Sa peau nue sous mes lèvres, c'était une bénédiction. Le petit garçon marchait tranquillement sous les étoiles.

C'est elle qui m'a réveillé au matin. Un tissu noué sur la poitrine, elle a posé deux tasses de café près de nous. Elle souriait. Je l'ai attirée contre moi et nous nous sommes à nouveau enlacés. J'avais besoin de retrouver son corps contre le mien, son visage tout près du mien. J'avais besoin de retrouver tout ce que j'avais éprouvé. C'était bien réel ?

Elle était là. Avec moi.

La nuit était passée.

C'était le matin.

Ce matin-là j'ai trouvé au café froid un goût délicieux.

Nous sommes restés dans le grenier. Pour se parler, il fallait les tissus, la sensation d'être dans la caverne, loin de tout. Elle a dit Ici les portables ne passent pas et j'ai pensé à Waldo. J'ai repoussé mes questions.

Pas de questions. Je me fiais à ce que je sentais. Il fallait qu'entre nous ça se passe comme ça. Libres.

J'étais prêt à tout vivre. Fort. J'étais "devenu". C'est ce mot qui me venait. Devenu. Et rien derrière. Devenu. C'est tout.

J'ai écarté le tissu qui retombait jusqu'à ses pieds.

Elle a repoussé le drap qui me recouvrait en riant.

Nus assis allongés parlant, les doigts de l'un sur la peau de l'autre, caressant et caressant encore, en attente, les paroles venant au rythme lent ou fulgurant des peaux éveillées, paroles pleines entendues incorporées, entente qui ne cherche rien, densité de chaque mot, paroles peau.

Thaïs et Antoine.

J'ai répété son nom. J'ai senti son nom sortir de mes lèvres et la recouvrir doucement, précisément, comme le tissu de la robe rouge dans la nuit. Je n'avais jamais senti ce qu'était nommer quelqu'un.

Elle aussi a répété mon nom, lentement.

Devenu. Le mot emplissait mon crâne.

Par sa bouche par ses mains son regard. Devenu.

Antoine et Thaïs.

Nous avons passé le jour et laissé la nuit arriver de nouveau. Sans sortir. Un temps hors de tout.

Nous sommes descendus.

A nouveau les peintures sur les murs.
Descendre l'escalier qui m'avait vu monter la veille.
Différent. Devenu. Suivre Thaïs qui ouvre les portes

maintenant en bas. Cuisine, salon, bibliothèque. Je marche derrière elle. Par moments mes mains se posent sur sa taille, elle tourne la tête, me tend ses lèvres. J'ai envie d'elle, à nouveau. Le désir est en suspens dans chacun de nos gestes. Nous nous arrêtons, dos contre un mur ou une porte. La maison accueille notre plaisir où qu'il vienne.

C'est l'univers d'Adrienne, celle qui a cru en Thaïs. Celle qui lui a fourni tissu et grenier pour coudre, couper, assembler, celle qui ne pouvait plus monter les marches et qui lui demandait d'essayer chaque modèle, critique, bienveillante, exigeante. Quand elle prononçait son nom, Thaïs était merveilleuse de douceur. Assise à la cuisine, devant un repas improvisé, elle m'a raconté :

— Adrienne, moi, je connaissais sa vraie histoire… enfin, tout ce qu'elle avait bien voulu me confier. Elle est née en France, à Paris. Mais sa mère était de São Paulo. Tu sais, la mode française a été très très importante ici au début du XXe siècle. Les toilettes de Paris, c'était quelque chose. Regarde.

Thaïs a rapporté un livre de la bibliothèque. Je m'assois près d'elle, je sens ses cheveux.

— Tu vois les affiches de l'époque reproduites ici ? Regarde, derrière le modèle, là, tu vois l'enseigne ? Au Bon marché, Toilettes de Paris. Les Brésiliens riches adoraient ça. Et les magasins ont beaucoup copié Paris.

Je l'écoute. J'aime entendre sa voix si près que j'ai l'impression qu'elle résonne dans ma propre poitrine.

— La mère d'Adrienne était une couturière de São Paulo, une belle jeune femme qui rêvait d'ouvrir sa propre boutique un jour. Elle travaillait pour une maison de couture. Elle était douée. La maison marchait bien. Alors on a fait venir de France un architecte, pour construire un magasin à la mode parisienne, avec des vitrines aussi, comme à Paris.

Thaïs a posé sa main sur mon bras.

— Il est venu. Il est resté longtemps. Bien sûr il a eu l'occasion de rencontrer cette belle jeune femme. Il est tombé amoureux et elle aussi. Mais lui, il était marié à Paris, il avait une vie installée, des enfants… ça n'a rien empêché. Il était plus vieux qu'elle mais elle ne voyait plus que lui. Les autres jeunes gens qui lui faisaient la cour la laissaient indifférente. Ils ont vécu leur amour en se cachant. Personne ne s'est rendu compte de rien. Des amoureux fous et secrets, tu imagines ?

Oh oui, j'imaginais et je me sentais tout à fait l'âme d'un amoureux fou et secret, moi aussi.

— Mais il fallait repartir, son travail fini. Il a décidé de l'emmener. Avec lui. A Paris. Tu vois pour elle ? Abandonner sa vie, son pays, tout ?

Thaïs s'est interrompue un moment. Je la regarde. Elle boit lentement son énième café de la journée. Ses doigts effleurent les miens sur la table de la cuisine. Je prends sa main et la porte doucement à mes lèvres. Elle poursuit.

— La petite couturière de São Paulo, elle a suivi son amoureux. C'est sans doute pendant la traversée, sur le paquebot, qu'Adrienne a été conçue. Elle aimait penser comme ça sa naissance. Elle est née à Paris. Son père venait les voir, elle et sa mère, le plus souvent possible. Il s'occupait d'elles mais sa santé n'était pas sûre. La petite couturière ne le voyait plus autant qu'ici, elle était triste. Un jour il n'est pas venu. C'était la première fois qu'il manquait un rendez-vous. Elle a su tout de suite qu'il était mort. Il n'y avait que la mort pour l'empêcher de venir. Adrienne était trop petite pour se souvenir. Son père avait pensé à tout. Il savait qu'il était malade. Le notaire devait verser à sa mère une rente à vie qui lui permettait de n'avoir pas le souci.

J'écoute l'histoire d'Adrienne mais c'est Thaïs que j'imagine en belle couturière du siècle passé.

— La pauvre jeune femme était perdue de chagrin. Heureusement, la couture était dans ses doigts. Elle a travaillé et travaillé. Oh, elle n'est pas devenue une grande de la mode mais elle s'est fait la clientèle, avec des idées d'ici sur des modèles de là-bas. Elle a pris des ouvrières. Adrienne a été élevée avec ces femmes qui cousaient et se racontaient les choses de la vie, heureuses ou malheureuses. Elle gardait un souvenir très bon de cette période. Sa mère a payé une école très chère pour qu'elle apprenne mais c'est les vêtements qu'Adrienne aimait. En pension elle a été malheureuse, elle retrouvait sa mère aux week-ends et l'atelier était vide. Plus de bavardages avec les ouvrières, plus de rires. Elle s'ennuyait. Alors elle essayait les modèles, en cachette. Elle marchait devant les miroirs. Et elle est devenue mannequin…

Thaïs me désigne sur un meuble des photographies encadrées d'une femme au sourire éblouissant, à la beauté éclatante, brune, fine. Adrienne.

Je me suis levé pour la voir de plus près.

— Pourquoi a-t-elle quitté Paris ?

— Sa mère est partie en premier. Toute seule, elle avait le mal du pays. Elle est revenue et elle a ouvert une boutique de tissus. C'était sa passion, les tissus. Elle en faisait même venir d'Afrique pour certains vêtements. Elle est morte ici au Brésil.

— Et Adrienne, elle venait ?

— De temps en temps, je crois, mais elle était très occupée par ses amours en France.

Thaïs sourit C'était une passionnée, tu sais.

— Elle ne s'est jamais mariée ?

— Elle a eu un mari qui est mort pendant la guerre. Elle ne s'est jamais remariée. Elle disait que de toute façon le mariage ça ne lui allait pas, comme un mauvais vêtement…

— Et elle n'a jamais eu d'enfants ?

— Non. C'était ce qui lui manquait le plus, à la fin de sa vie… on s'était bien trouvées toutes les deux… la vie c'est pas mal…

J'étais retourné à la table. Je me suis versé une tasse de café moi aussi.

— Tu sais, Adrienne n'a jamais su le nom de son père. C'est terrible, hein ? Sa mère n'a jamais voulu lui dire, je trouve ça dur… si dur… elle a fait des recherches, c'est pour ça qu'elle est revenue. Sa mère avait acheté cette maison à Monlevade, parce que sa famille était d'ici. Et Adrienne a fini par y venir aussi. Elle n'a jamais arrêté de chercher le nom de son père. Jamais. Je l'ai aidée pour des archives mais pas moyen, l'architecte qui avait construit le magasin au début du siècle est resté anonyme… elle, elle n'a plus eu envie de rentrer à Paris, elle n'a pas vendu la maison de sa mère, elle est restée ici…

Thaïs avait posé sa tête sur mon épaule, je jouais avec des mèches de ses cheveux, je caressais sa nuque. Je sentais le lien qui l'unissait à Adrienne et plus loin encore à la petite couturière de São Paulo. Cela me causait une émotion profonde, que je ne cherchais pas à m'expliquer.

La peau n'a pas de frontière.

Je l'ai prise sur mes genoux. Je sentais ses fesses rondes contre mon ventre. Elle s'est mise à rire, s'est levée.

Nous sommes montés lentement, elle me tenait la main. C'était hier seulement que je l'avais suivie ainsi, marche après marche. Hier ? j'avais du mal avec le temps des horloges.

— Ce matin j'ai appelé la pousada pour dire que je ne rentrerais pas tout de suite…

— Ta tante n'a pas posé de questions ?

— Tu penses ! j'ai dû inventer. Elle ne sait surtout pas que je suis ici, avec toi.

— Tu aimes le secret.

— J'aime que ce qui est à moi reste à moi. Toute seule.

J'ai pensé à Marcel.

Cette nuit, j'en suis sûr, sur la terrasse, il levait son verre aux étoiles. Pour nous.

Au grenier, Thaïs est allée, au fond, près des piles de tissu colorées.

— Tout ce qui est ici vient du magasin de la mère d'Adrienne. Elle m'a tout donné. Il y a des tissus très rares, tu sais… c'est un trésor.

Le trésor, c'était le temps qui s'offrait à moi, avec elle dans mes bras. Elle a eu une façon charmante d'incliner la tête sur le côté et j'ai embrassé le creux de son cou, l'endroit où la peau est si fragile. Mes mains cherchaient ses seins. Le désir me bouleversait.

Quand nous avons quitté la maison, nous n'étions plus les mêmes. J'en savais plus sur l'histoire d'Adrienne que sur celle de Thaïs mais j'avais appris l'amour avec elle. Et c'était un savoir immense. J'avais l'impression que la terre entière m'était ouverte.

Tout était possible.

J'ai marché dans les rues, Thaïs à côté de moi, j'ai regardé les visages que nous croisions. A nouveau, je me suis senti semblable au milieu de mes semblables. Mais aujourd'hui il y avait quelque chose de plus fort.

J'ai pris la main de Thaïs. Elle a serré la mienne.

Nous sommes arrivés à la pousada sans parler beaucoup, sans nous quitter d'un centimètre. Je regardais les lampadaires plantés n'importe comment le long des rues. Je pensais Ils sont éteints. Ils ont veillé toute la nuit sur la ville et sur nous, dans la maison qui est là, juste un peu plus bas, avec ses peintures endormies sur les murs et ses trésors et nos gestes merveilleux de la nuit à l'abri entre ses murs. Je sentais le corps de Thaïs contre moi, hanche contre hanche dans le mouvement de la marche. Cette fois je n'étais plus derrière elle, j'étais à ses côtés.

A la pousada, Marcel était dans la salle, en train de prendre un café. Nous allions vers lui quand la tante de Thaïs est apparue, sidérée de nous voir ensemble. En femme habituée à mener sa maison, habituée à tout ce qu'une auberge, où que ce soit, réserve de surprises, elle s'est vite reprise, m'a salué, a posé sa main sur le bras de Thaïs et l'a entraînée vers les appartements privés. Elle voulait parler bas mais sa voix était plus forte qu'elle. J'entendais le nom de Waldo qui revenait. Thaïs s'est retournée, m'a fait un signe de la tête et j'ai rejoint seul Marcel. Son sourire heureux m'a rappelé le jour où il m'avait accueilli chez lui, à bras ouverts. Je me suis assis en face de lui.

— Il est passé, ce Waldo, tout à l'heure. La tante était aux cent coups... Qu'est-ce qu'elle foutait avec un type comme ça ?

J'ai aimé qu'il le mette au passé.

Ça me faisait un drôle d'effet de me retrouver à nouveau dans cette salle, en client.

— Tu veux un café ?

Marcel s'est levé et il est revenu de la cuisine avec une cafetière pleine. Je me suis servi. Le café chaud me faisait du bien. Je ne voulais pas perdre ma merveille du matin. J'ai fermé les yeux. C'était impossible de perdre ça. Le corps de Thaïs, son regard, ses mains, c'était vivant, c'était présent, c'était là.

— Merci de m'avoir dit de la suivre, Marcel.

Quand Thaïs est revenue, elle s'est assise. Son visage était grave. Je savais que tôt ou tard il faudrait bien qu'elle parle d'elle... et de lui. C'était le moment.

Marcel s'est levé mais Thaïs l'a retenu.

— Vous pouvez rester, Marcel... ce n'est pas un secret...

Je n'avais pas envie de l'entendre parler de son histoire avec ce Waldo mais c'était inévitable. Je l'ai regardée. En une nuit elle m'avait complètement réveillé au désir. Moi, je n'avais plus rien à craindre du fantôme de Karima. Je pouvais l'écouter.

— Waldo, il me cherche. Je le connais depuis que ma tante m'a prise avec elle, ici. Ses parents habitent tout près. On est sortis ensemble tout jeunes, à quinze ou seize ans. Moi j'ai quitté l'école assez vite, lui il a continué. Et puis il a fait une école avec des bourses du gouvernement, des stages à l'étranger. Il a toujours été très travailleur, brillant. Il est entré à l'usine, dans les bureaux. Et puis il a eu un poste et encore un autre, toujours plus haut. Toujours aussi gentil, travailleur et tout, mais moi il n'a pas vu que j'avançais aussi. Il ne me regardait pas vraiment. Il est tout pour l'usine et sa carrière. Ça fait déjà un moment qu'on n'est plus ensemble dans mon cœur. J'ai essayé de lui dire mais il ne veut pas. Il est malheureux.

Elle s'est tournée vers moi.

— Il n'a jamais vu ce que je fais, ma collection. Il n'est jamais entré dans la maison d'Adrienne. Il ne sait même pas ce que moi j'y ai vécu, avec elle.

Ça ne l'intéresse pas. Quand j'essaie de lui dire ce que c'est, ma vie à moi, il écoute, il sourit, il sourit toujours, mais il ne m'a même pas demandé de lui montrer mes vêtements. C'est comme si c'était un amusement ce que je fais, juste un passe-temps…

Moi qui avais vu, je pouvais comprendre que si cet homme n'était pas curieux de cette part d'elle il ne pouvait pas l'aimer vraiment. Elle était ce qu'elle créait. Un art. Et c'est tout.

Elle a poursuivi.

— Depuis un an, il voyage beaucoup plus et on se sépare encore plus. Lui, il veut qu'on se marie. Comme si ça pouvait arranger. J'aurais aimé ça, quand j'avais vingt ans, j'en rêvais même. Depuis des mois je lui dis non. Je ne peux pas. Et il ne comprend pas ce qui se passe.
Je fais partie de sa vie, il dit.

Les scènes que j'avais surprises depuis notre arrivée me revenaient en mémoire. Thaïs au jardin le premier soir, puis les appels, chaque soir. Moi, je n'y avais vu que de l'amour en souffrance. Je n'imaginais rien en dehors de ce que j'avais vécu avec Karima. J'étais obsédé par ma propre histoire. La souffrance de Thaïs, ce n'était pas d'être rejetée par celui qu'elle aimait, c'était de le mettre à distance. J'étais loin de la réalité.

J'ai passé ma main dans ses cheveux. Elle m'a souri. La nuit me chauffait la mémoire. Son corps plein d'élan. Cette nuit, je pouvais le jurer, Thaïs était présente, vivante, tout entière. Pas un millimètre de sa peau qui ne soit vibrant. Cette nuit elle était bouleversante de joie. Je ne voulais pas perdre ça. C'était ça, la vérité. C'était vif.

Elle était vibrante de cette mémoire elle aussi, j'en étais sûr. Je lui ai pris la main. Son sourire s'est épanoui. Ce jour nous conduirait à une autre nuit, à une autre encore.

Je pouvais tout entendre, j'étais sûr de ça.

— Vous comprenez, le soir où on était chez mes amis de l'usine, j'étais mal. Marcel, vous racontiez comment le travail peut s'en aller, comment la misère s'installe, et moi je pensais à Waldo. Son travail aujourd'hui, c'est de voir où l'usine peut se développer ailleurs dans le monde. L'Inde, la Chine, il va partout. Je suis sûre qu'il cherche aussi des endroits où on peut continuer le travail pour moins cher, encore moins cher… Nos camarades d'avant ne savent pas ce qu'il fait vraiment. C'est comme si moi je les trahissais, je leur mentais. Parce que je "fais partie de sa vie" à lui, comme il dit.

Marcel s'est exclamé :

— Personne ne fait partie de la vie de quelqu'un. Qu'est-ce que c'est que ces histoires ? Nos vies sont solitaires, ma petite Thaïs. On l'apprend forcément. Depuis qu'on est sorti du ventre de notre mère, rien à faire, pas moyen ! On s'approche des autres, l'amour ça ne sert qu'à ça ! Toutes les formes d'amour… pas seulement la romance des amoureux… tout ce qui nous rapproche vraiment des autres. Mais de toute façon jamais JAMAIS on ne fait partie de la vie de quelqu'un. Et encore heureux ! Ce serait la perte de notre solitude, c'est sûr, mais encore plus sûrement la perte de ce qui nous appartient vraiment, notre liberté. On l'attaque déjà bien assez comme ça ! On peut essayer de tisser des liens, c'est tout. On ne fait pas partie ! On ne fera jamais partie. C'est comme ça.

Elle s'est levée, a fait le tour de la table et elle l'a embrassé.

— J'adore comment vous dites les choses, vous ! Moi je sais quand j'invente avec le tissu, je suis sûre que c'est ma vie à moi, rien qu'à moi. Mais après, souvent, je ne sais plus. Je me demande si je ne suis pas folle de penser comme ça. Ça m'est arrivé, avant… de penser que peut-être il fallait inventer les vêtements juste pour le passe-temps et épouser Waldo…

— Impossible, Thaïs ! vous êtes sur votre route ! ça se voit ! personne ne peut plus vous arrêter avec des balivernes. C'est difficile, une route, et douter, c'est pas mal non plus. Ils me fatiguent, les gens trop sûrs d'eux… mais vous, vous êtes assez intelligente pour douter. Ne vous laissez pas tirer en arrière, mon petit. On n'a pas l'éternité devant nous. Juste la vie.

J'écoutais. Le petit mot de Thaïs "avant" suffisait. Oui, il y avait maintenant un "avant" pour moi aussi.

Moi non plus je n'ai pas l'éternité devant moi. Juste la vie. J'aime ces mots. J'aime comment Marcel les prononce. Il articule à mi-voix mais si précisément qu'on a l'impression qu'il vous parle à l'oreille.

Je revois les robes, les chapeaux, les écharpes, tout ce que Thaïs crée. Et je me rends compte que c'est aussi ce que Marcel appelle "des liens". Des liens magnifiques avec les femmes d'un autre temps. Et les regards qui se poseront sur celles qui porteront ces vêtements aujourd'hui prendront la suite des regards d'un autre temps, sans le savoir. On a juste la vie mais on peut la nouer à celle d'avant, à celle d'après, alors elle n'a plus de limites. Thaïs réussissait ce passage avec ce qu'elle créait et c'était de la beauté.

J'ai ressenti une admiration profonde pour le travail patient, exigeant, de cette femme. Un respect infini.

— Marcel, il faut absolument que tu voies la collection de Thaïs !

Les jours qui ont suivi sont passés dans une effervescence que je n'avais jamais connue auparavant.

En apparence rien ne changeait. J'habitais toujours à la pousada, mais je retrouvais Thaïs la nuit. Elle tenait à continuer son travail d'aide à la pousada auprès de sa tante. Elle m'avait confié :

— Sans elle, Antoine, je ne sais pas ce que je serais devenue. Elle est autoritaire et bien pénible quelquefois, mais elle a toujours été là pour moi et elle a un cœur gros comme ça…

J'aimais voir Thaïs aller et venir dans l'auberge. J'aimais reconnaître la moindre ligne de son corps sous les vêtements. Je guettais les moments où secrètement, elle viendrait m'embrasser. Un ado. J'étais redevenu un ado sous le regard ironique et affectueux de Marcel.

Thaïs et moi, nous attendions la nuit, pour nous retrouver dans la maison d'Adrienne. On dînait ensemble dans le petit jardin. Elle emportait de la nourriture de la cuisine de la pousada et la faisait simplement réchauffer. Nous dînions aux bougies. C'était romantique et délicieux. Une ou deux fois, le souvenir de Karima s'activant en cuisine, concentrée sur le choix des épices, m'est revenu. Thaïs, elle, donnait toute sa concentration à la création de ses vêtements et à l'amour. Pour tout le reste, y compris la cuisine, elle ne s'embarrassait pas mais se débrouillait pour que ce soit une fête.

— Tu comprends, Antoine, Marcel il a raison. Il dit les bonnes choses. Moi je n'ai pas l'éternité, non, j'ai la vie. Alors je choisis. La belle image de la femme qu'on me raconte depuis que je suis toute petite, *adios* ! Ma tante se désespère parce que je ne suis pas une femme qui veut tenir une maison, avoir des enfants, s'occuper de son bon mari. Ici, c'est encore beaucoup le modèle, tu sais, même si ça bouge pour les femmes. Heureusement que j'ai eu Adrienne !

Thaïs venait s'asseoir sur mes genoux. Sa voix résonnait dans ma poitrine. J'aimais.

— Et heureusement que je t'ai rencontré, toi.

A moi, elle avait montré son travail avant le moindre geste entre nous. Maintenant je comprenais pourquoi.

Oui, j'étais bien conscient qu'on ne pouvait pas créer une telle beauté sans y mettre son être tout entier. Et j'aimais ça aussi.

Et j'aimais, j'adorais savoir que lorsqu'elle était dans mes bras, alors toute sa belle énergie était pour l'amour. Totalement.

Qu'elle me regarde ou qu'elle ferme les yeux, j'avais la sensation que nous étions ensemble, au plus profond. Je me sentais accueilli, complètement

libre et fort. Parce qu'il émanait d'elle cette liberté et cette force. En même temps, j'étais bouleversé par sa délicatesse, sa fragilité. La nudité de son corps, offert si simplement, c'était celle d'une enfant. Sa confiance, abandonnée dans mes bras, me donnait une immense envie de la protéger de tout.
Parfois je pensais à Waldo, j'imaginais qu'il ne pouvait pas la laisser partir comme ça, qu'il fomentait de sombres desseins. Je partais en guerre dans ma tête contre lui. Je ne le laisserai pas abîmer un seul cheveu de ma merveille. J'en avais parlé avec Marcel.
— Je ne savais pas que tu étais du genre à te battre pour une femme, Antoine… Comme quoi, on n'a jamais fini de découvrir… Ce Waldo, lui, il a les yeux bien fixés sur un seul objectif. Dans le champ, il y avait Thaïs mais elle l'aurait gêné tôt ou tard. Pas assez souple. A mon avis il le savait déjà. C'est un malin. Maintenant s'il cherchait à la récupérer, ce serait pour quoi ? l'honneur, la possession ? des foutaises quoi ! mais il est bien trop concentré sur sa carrière, celui-là, d'après ce qu'elle nous a dit. Alors… et puis tu sais, c'est son affaire à Thaïs, je ne crois pas qu'elle aimerait que tu t'en mêles. Elle se débrouille très bien…

Dans le fond, je crois que j'aurais bien aimé avoir à me battre pour elle. Mais Marcel avait raison, une fois de plus. Waldo ne se manifesta pas.

Marcel, lui, parlait de ne pas rentrer tout de suite. Il avait envie de s'intéresser, de plus en plus, à tout ce qui se passait ici. La politique, l'économie de ce pays plein d'élan le passionnaient. Il me disait que s'il était plus jeune il tenterait quelque chose ici.

Il me disait aussi que si je rentrais, il fallait que je reprenne son camion, que je m'intéresse aux livres rares, que je prenne sa suite.

— Thaïs devrait aller en France aussi, Antoine, elle ferait un tabac avec ses modèles…

Je l'écoutais. En moi il n'y avait encore aucun projet bien défini, mais des promesses, oui.

L'argent filait et je savais que tôt ou tard il faudrait prendre des décisions, mais je faisais confiance à la force nouvelle que je sentais. Il fallait que je vive le présent, complètement, sans rien vouloir à l'avance de l'avenir. Il fallait que j'accepte jusqu'au bout une route imprévisible.

Quand Thaïs se mettait au travail, je partais marcher dans la ville. J'aimais la contempler mais elle avait besoin d'être seule, d'errer dans son grenier, d'aller toucher un tissu, un autre… je l'avais même surprise à danser toute seule au milieu de ses mannequins. C'était son univers. Ton regard me gêne, Antoine. C'est comme ça. Je ne peux pas expliquer. C'est pas lié à toi. C'est moi, c'est tout. J'ai besoin de laisser les choses se faire à l'intérieur de moi. Toute seule. Pour ma folie à moi. Après seulement je peux partager. Mais pas quand je travaille en plein, tu vois.

Il me fallait passer par cette porte étroite avec elle. L'élan qui m'emportait était si puissant que parfois j'avais du mal. J'avais envie de pousser la porte du grenier, de la prendre dans mes bras, de l'embrasser encore et encore. Mais je me retenais.

C'était sa liberté. Intouchable.

Du coup, elle me renvoyait à la mienne.

Peu à peu, après mes heures de marche solitaire, les mots ont commencé à venir. De plus en plus clairement. Ils parlaient de moi. Ils parlaient de Lusine aussi. Ils parlaient de Jean de Monlevade et de l'élan à partir.

Venaient aussi les mots du poème. C'était autre chose. Il fallait du silence. Que chaque mot soit seul, pour que toute sa vibration puisse se déployer. J'apprenais à écouter à l'intérieur de moi.

Dans la chambre de la pousada, seul, je m'installais et j'écrivais. Mais il me manquait quelque chose pour aller plus loin.

Un jour, j'étais sur le lit, il faisait chaud, je m'étais déshabillé et je m'étais replongé dans la vie de Monlevade. Je me suis levé.

Lentement, j'ai tiré sur la première page du livre, elle est venue. Je n'ai pas réfléchi à ce que je faisais. Je me suis retrouvé, la page arrachée à la main.

Et j'ai eu envie de la voir, face à moi. Un horizon.

Je l'ai agrafée au mur.

Et puis j'ai pris une feuille, blanche, et je l'ai agrafée à côté. J'ai continué.

Une page pour Monlevade, une page pour moi.

Tout autour de moi dans la chambre.

Le petit carnet de mon père était sur la table en bois.

Mon talisman pour les jours de rien.

Sur les murs de la chambre quelque chose attendait.

J'ai écrit, appuyé à la vie de Monlevade, appuyé à la vie des autres, ma vie à moi.

Mes mots prenaient place.

Quand le soleil a décliné, j'étais toujours là. J'écrivais.

Aujourd'hui je suis assis sur les marches du perron. Derrière moi, la maison d'Adrienne. Dans le jardin ici, il y a des fleurs aux pétales allongés, rouges, magnifiques. Thaïs m'a dit que dans les feuilles de ces fleurs-là il y a de l'eau, comme dans certaines plantes dans le désert. Des feuilles gonflées d'eau en réserve pour les jours de soif.

Moi aussi, je fais provision d'eau.

Là-haut, dans son grenier, Thaïs travaille. Moi, je pense aux mots.

A leur force souterraine.

Quand j'étais petit, on allait en vacances quinze jours par an en Bretagne. Dans une crique il y avait les vagues qui se cassaient contre les rochers et des paquets d'écume qui jaillissaient. C'était impressionnant. Je restais là, assis un peu plus haut, à contempler.

Je faisais la vigie.

Dans la mer, là où elle était calme, il y avait des zones vert clair presque transparentes. Je pouvais suivre les corps des baigneurs, bien visibles. Et puis il y avait des zones obscures, par plaques mouvantes. C'étaient les nuages qui les obscurcissaient, ou bien les algues qui montaient du fond, je ne sais pas, mais ces zones-là me faisaient peur. Je priais pour que les corps des nageurs n'y entrent pas.

On dit pour un navire "se perdre corps et biens".

Quand je descendais nager, je les évitais. J'avais peur, si j'y entrais, de ne jamais retrouver les autres, les baigneurs des eaux transparentes. De devenir un "corps perdu".

Aujourd'hui je sais que les zones obscures sont des zones pleines et que les mots, les vrais, c'étaient là qu'ils étaient, à attendre.

Petit, je ne parlais pas beaucoup. On disait que j'étais sauvage. Loïc parlait pour deux. Je n'avais pas, comme lui, la langue des baigneurs tranquilles.

Est-ce qu'il avait peur, lui aussi, des grandes plaques mouvantes, sombres ?

Est-ce que tout le monde les voit et fait comme si elles n'existaient pas ?

Est-ce qu'il faut que certains seulement y plongent au risque du corps perdu pour ramener de l'ombre, les mots ?

Aujourd'hui je regarde les grandes plaques mouvantes au fond de moi. En silence. Leur opacité, je m'y reconnais. Elle ne m'effraie plus.

En moi il y a des mots et des mots qui montent pour dire tout ça

Pour dire aux autres qu'on est tous pareils

Le poème obscur qui est en moi qui se cherche chaque jour pour dire le monde et ma place dans ce monde

C'est le poème de tous

Quand on a les enfants à élever et tout le reste on ne descend pas dans les grandes plaques sombres, on écrit une date, un trait en dessous et on passe au jour suivant. Parce qu'il faut vivre. Parce qu'il faut retourner au travail le lendemain et les jours suivants. Parce qu'on ne peut pas se permettre le "corps perdu". Il faut nager dans les eaux transparentes. Encore et toujours.

Mais l'obscurité, on en a besoin. On a besoin de l'opaque. Un humain a besoin de l'obscur. C'est fertile. On ne peut pas vivre toujours dans la clarté des miradors. C'est aveuglant. Ça ne fait pas de lumière.

Je repense à ces émissions de télévision où la vie de chacun est sous les projecteurs. Ça ne fait pas de lumière.

Mon travail à moi, c'est de plonger dans l'obscur. En aveugle. Pour ramener un peu d'ombre. Un peu de ce qui en chacun de nous a tant de mal à se dire. Tout ce que je vois dans les corps et dans les yeux des autres. C'est seulement quand ils voient leurs ombres enlacées qu'Orphée et Eurydice peuvent savoir qu'ils sont enfin à la lumière.

Depuis des jours maintenant, j'écris, sur les murs de la chambre. Sur les feuilles blanches. Entre la vie de Monlevade, j'écris les rêves de Frank, de Lucas, de Siki et des autres, tous les autres. Je les imagine. J'écris les rêves de mon père et les miens. J'écris tout ce qui ne peut pas se dire et que pourtant il faut tenter.
Et tant pis si ce n'est pas la langue des baigneurs tranquilles. C'est une langue qui vient des grandes plaques, une langue lourde, lente à venir du fond de moi, toute pleine de silence. La langue d'avant toutes les langues, celle de l'enfance. C'est la mienne.

J'écris pour tous ceux que j'aime et ceux que je ne connais pas

J'écris pour ceux que je croise dans la rue et qui ne savent pas que sur leurs visages je vois quelque chose de la vie qui passe

J'écris pour les jours de rien

Pour l'obscur des jours de rien

Pour que de la vie passe, quand même

Depuis que j'ai fait l'amour avec Thaïs, qu'elle a osé me montrer ce qu'elle crée, j'ai cette force-là.

Cette nuit c'est moi qui l'emmène dans ma chambre.

Je veux qu'elle lise.

Je veux que mes mots vivent.

Je l'attends, sur les marches du perron, devant les fleurs rouges.

FIN.

QUELQUES MOTS SUR LA GENÈSE DE CE ROMAN

D'octobre 2005 à novembre 2006, j'ai rencontré les ouvriers d'Arcelor-Mittal à Montataire et ceux de Godin à Guise ; c'était au cours de "cafés de paroles" initiés par le collectif La Forge. Y était questionné ce qu'est le travail aujourd'hui. A Montataire, j'ai appris que le groupe Mittal investissait massivement au Brésil. Les lignes d'ateliers fermaient en France.

J'ai été touchée par ce qui se disait, par la lucidité terrible de ceux qui voyaient bien que le travail avait perdu toute valeur, que les hommes ne comptaient simplement plus. J'ai été touchée par la détresse et la dignité, par la colère et tout ce qui ne parvenait pas à se dire. A la suite de chacun de ces rendez-vous j'ai écrit un texte qui était remis aux participants la fois suivante. Et ainsi se tissait au fil du temps, entre nous, un lien. Celui des mots.

A la dernière rencontre, l'un des participants a dit : "Et maintenant, où on va parler ?"

Cette question m'a émue profondément. Je ne sais pas où ces femmes et ces hommes peuvent parler aujourd'hui mais ce que je savais, c'est que j'écrirais quelque chose. Ma façon à moi de poursuivre.

Je rêvais que l'un des ouvriers de France ait envie de rencontrer ceux du Brésil, c'est devenu mon point de départ.
En me documentant, un été, je suis tombée sur l'histoire de Jean de Monlevade, le père de la sidérurgie brésilienne. Monlevade, la ville où le groupe Mittal investissait, portait donc son nom. La boucle de l'histoire était sidérante. J'en ai fait le "moteur" de mon personnage.
Et j'ai laissé l'imagination faire sa part.

REMERCIEMENTS

Je voudrais remercier celles et ceux qui sont venus aux cafés de paroles de Montataire et de Guise et bien sûr ceux de La Forge qui ont permis ces rencontres.

Je voudrais aussi adresser mes remerciements à Laurent Vidal, historien, spécialiste du Brésil, auteur entre autres des *Larmes de Rio* (Aubier, 2009), pour sa relecture attentive de mon manuscrit. Mes remerciements vont aussi à Florence Robert fidèlement, à Dominique et Emmanuel pour leur délicate aide et à mon cher frère pour tout ce qu'il m'apprend de la moto.

DU MÊME AUTEUR

Romans, nouvelles, récits

Ça t'apprendra à vivre, Le Seuil, 1998 ; Denoël, 2003 ; Babel nº 1104.

Les Demeurées, Denoël, 2000 ; Folio, 2002 (prix Unicef 2001, Prix du livre francophone 2008 Lituanie).

Un jour mes princes sont venus, Denoël, 2001.

Les Mains libres, Denoël, 2004 ; Folio, 2006.

Les Reliques, Denoël, 2005 ; Babel nº 1049.

Passagers, la tour bleue d'Etouvie, Le Bec en l'air, 2006.

Présent ?, Denoël, 2006 ; Folio, 2008.

Laver les ombres, Actes Sud, 2008 (Prix du livre en Poitou-Charentes) ; Babel nº 1021.

Les Insurrections singulières, Actes Sud, 2011 (prix littéraire des Rotary Clubs de langue française, prix Paroles d'encre, prix littéraire de Valognes, Prix du roman d'entreprise, prix du Scribe et prix des Mouettes).

Profanes, Actes Sud / Leméac, 2013.

Jeunesse

Parmi lesquels :

Samira des Quatre-Routes, Flammarion Castor-Poche, 1992 (Grand Prix des jeunes lecteurs PEEP 1993).

Quitte ta mère, Thierry Magnier, 1998.

Si même les arbres meurent, Thierry Magnier, 2000 (Prix du livre jeunesse Brives 2001).

La Boutique jaune, Thierry Magnier, 2002 (prix Leclerc du roman jeunesse 2003).

Une heure une vie, Thierry Magnier, 2004.

Le Ramadan de la parole, Actes Sud, 2007.

Une histoire de peau, Thierry Magnier, 2012.

Vivre c'est risquer, Thierry Magnier, 2013.

Albums

Le Petit Etre (illus. Nathalie Novi), Thierry Magnier, 2002.

Prince de naissance, attentif de nature (illus. Kathy Couprie), Thierry Magnier, 2004.

Textes poétiques

Naissance de l'oubli, Guy Chambelland, 1989.

Comme on respire, Thierry Magnier, 2003 ; nouvelle édition, 2011.

Notre nom est une île, Bruno Doucey, 2011.

Il y a un fleuve, Bruno Doucey, 2012.

Théâtre

Marthe et Marie, chorégraphie Carol Vanni. Création Théâtre du Merlan, Marseille, 2000.

L'exil n'a pas d'ombre, mise en scène Jean-Claude Gal. Création Théâtre du Petit Vélo, Clermont-Ferrand, 2006.

Je vis sous l'œil du chien suivi de *L'Homme de longue peine*, Actes Sud-Papiers, 2013.

BABEL

Extrait du catalogue

1131. W. G. SEBALD
Vertiges

1132. ANNE ENRIGHT
Retrouvailles

1133. HODA BARAKAT
Mon maître, mon amour

1134. MOUSTAFA KHALIFÉ
La Coquille

1135. JEREMY RIFKIN
Une nouvelle conscience pour un monde en crise

1136. PRALINE GAY-PARA
Récits de mon île
(à paraître)

1137. KATARINA MAZETTI
Le Caveau de famille

1138. JÉRÔME FERRARI
Balco Atlantico

1139. EMMANUEL DONGALA
Photo de groupe au bord du fleuve

1140. INTERNATIONALE DE L'IMAGINAIRE N° 27
Le patrimoine, oui, mais quel patrimoine ?

1141. KATHRYN STOCKETT
La Couleur des sentiments

1142. MAHASWETA DEVI
Indiennes

1143. YI MUNYŎL
L'Ile anonyme

1144. CH'OE INHUN
La Place

1145. YI CH'ŎNGJUN
L'Ile d'Io

1146. CHO SEHUI
Le Nain

1147. CAMILLA GIBB
Le Miel d'Harar

1148. MARIE-SABINE ROGER
La Théorie du chien perché

1149. MARIA ERNESTAM
Les Oreilles de Buster

1150. KHALIL GIBRAN
Les Esprits rebelles

1151. SIRI HUSTVEDT
La Femme qui tremble

COEDITION ACTES SUD – LEMÉAC

Achevé d'imprimer en avril 2013 par Normandie Roto Impression s.a.s. 61250 Lonrai sur papier fabriqué à partir de bois provenant de forêts gérées durablement (www.fsc.org) pour le compte d'ACTES SUD, Le Méjan, Place Nina-Berberova, 13200 Arles.
Dépôt légal 1re édition : janvier 2013.
N° impr. : 131500
(Imprimé en France)